Lynne

Entre la verdad y las mentiras

WITHDRAWN

HARLEQUIN™

Editado por HARLEQUIN IBÉRICA, S.A.
Núñez de Balboa, 56
28001 Madrid

© 2014 Lynne Graham
© 2014 Harlequin Ibérica, S.A.
Entre la verdad y las mentiras, n.º 2310 - 21.5.14
Título original: The Dimitrakos Proposition
Publicada originalmente por Mills & Boon®, Ltd., Londres.

I.S.B.N.: 978-84-687-4178-9
Depósito legal: M-5412-2014
Editor responsable: Luis Pugni
Fotomecánica: M.T. Color & Diseño, S.L. Las Rozas (Madrid)
Impresión en Black print CPI (Barcelona)
Fecha impresion para Argentina: 17.11.14
Distribuidor exclusivo para España: LOGISTA
Distribuidor para México: CODIPLYRSA
Distribuidores para Argentina: interior, BERTRAN, S.A.C. Vélez
Sársfield, 1950. Cap. Fed./ Buenos Aires y Gran Buenos Aires,
VACCARO SÁNCHEZ y Cía, S.A.

Capítulo 1

TENIENDO en cuenta la historia de la empresa, su expansión y su éxito, me parece un testamento injusto –dijo Stevos Vannou, abogado de Ash, mirando a este con cautela.

Acheron Dimitrakos, al que su círculo más cercano llamaba Ash, era además de muy alto, moreno y fuerte, el multimillonario fundador del gigante mundial DT Industries. Guardó silencio porque le daba miedo lo que pudiese decir. Normalmente su autocontrol era absoluto, pero ese día no. Había confiado en su padre, Angelos, todo lo que podía confiar en alguien, lo que no era mucho, pero jamás había imaginado que este podría traicionarlo con su última voluntad. Si no se casaba antes de un año la mitad de la empresa pasaría a manos de su madrastra y los hijos de esta, que ya habían quedado lo suficientemente bien parados en el reparto. Eso era impensable, e injusto. Ash siempre había pensado que su padre era un hombre de principios, pero aquello volvía a demostrarle que no podía fiarse de nadie y que hasta las personas más cercanas podían clavarle un puñal en la espalda en el momento menos pensado.

–DT es mi empresa –afirmó con los labios apretados.

–Por desgracia, no en los papeles –respondió Stevos muy serio–. En los papeles, tu padre nunca te traspasó sus acciones. Aunque nadie podría negar que la empresa la levantaste tú.

Ash siguió sin contestar. Sus mirada oscura, fría, ribeteada por unas pestañas ridículamente largas y negras estudió las vistas que su despacho del ático le proporcionaba de Londres.

–Ir a juicio por ese testamento perjudicaría a la empresa –comentó por fin.

–Lo más sencillo sería casarse –le sugirió el abogado, riendo con cinismo–. Es lo único que tienes que hacer para que todo vuelva a la normalidad.

–Mi padre sabía que no tenía ninguna intención de casarme. Por eso me ha hecho esto –añadió él, perdiendo los nervios un instante al pensar en la mujer trastornada con la que su padre había querido emparejarlo–. No quiero una esposa. Ni quiero hijos. ¡No quiero complicarme la vida!

Stevos Vannou se aclaró la garganta y estudió a su jefe. Era la primera vez que veía a Acheron Dimitrakos enfadado o demostrando cualquier tipo de emoción. El multimillonario jefe de DT Industries solía ser más frío que un témpano. Su frialdad y falta de sentimientos humanos formaban parte de la leyenda y hasta se contaba que, en una ocasión, una de sus secretarias se había puesto de parto durante una reunión y él le había hecho quedarse hasta el final.

–Perdona si te resulto obtuso, pero yo diría que muchas mujeres harían cola para casarse contigo –comentó Stevos pensando en su propia mujer, que casi se desmayaba cada vez que veía el rostro de Acheron en alguna fotografía–. El problema, más que encontrar esposa, sería elegirla.

Ash apretó los labios para evitar hacer un comentario ácido, su abogado solo intentaba ayudarlo. No obstante, él también sabía que podía conseguir una esposa con tan solo chasquear los dedos. Y sabía que el poder de atracción residía en su dinero. Tenía toda una flota de jets privados y casas repartidos por todo el mundo, y criados que esperaban para tratarlo, a él y a sus invitados, a cuerpo de rey. Pagaba bien al servicio. Era un amante generoso, pero rechazaba a las mujeres en cuanto veía en sus ojos el símbolo del dólar. Y últimamente era esto lo primero que veía en ellas, así que disfrutaba de su compañía menos de lo que le habría gustado. Necesitaba el sexo lo mismo que respirar, y no entendía por qué le desagradaba tanto la avaricia y la manipulación que solían ir de la mano con él.

Lo peor era que sabía perfectamente lo que su padre había pretendido con aquel testamento y le sorprendía que no se hubiese dado cuenta de que la mujer con la que pretendía unirlo le resultaba odiosa. Seis meses antes de la muerte de su padre, se había formado en casa de este un tremendo escándalo, y Acheron no había vuelto allí desde entonces, lo que había sido para su supuesta futura esposa, otra estocada más. Ash había intentado hablar del tema con su madrastra, pero nadie había querido escucharlo, el que menos, su padre, que pensaba que la joven a la que había criado desde niña era la persona perfecta para casarse con su hijo.

–Otra opción es que hagas caso omiso del testamento y le compres a tu madrastra sus acciones –continuó el abogado.

Ash le lanzó una mirada sardónica.

–No pienso pagar por lo que es mío. Gracias por tu tiempo.

Stevos se puso en pie para marcharse mientras pensaba que tendría que informar de la situación a sus colegas para buscar lo antes posible un plan de acción.

–Pondré a las mejores cabezas pensantes de la empresa a buscar una manera de superar este reto.

Ash asintió a pesar de tener pocas esperanzas. Sabía por experiencia que su padre se habría informado bien antes de poner semejante cláusula en su testamento.

«Una esposa», pensó después. Siempre había sabido, desde niño, que jamás querría casarse ni tener hijos. No quería que nadie heredase la oscuridad que él llevaba dentro, ni ver crecer a un niño a su imagen y semejanza. De hecho, ni siquiera le gustaban los niños y el poco contacto que había tenido con ellos solo había servido para que se reafirmase en su creencia de que eran ruidosos, difíciles y molestos. ¿Qué adulto en su sano juicio quería algo de lo que tenía que estar pendiente veinticuatro horas al día y que no le dejaba dormir por las noches? ¿Y qué hombre querría tener a una única mujer en su cama? La misma mujer noche tras noche, semana tras semana. Ash se estremeció solo de pensarlo.

No obstante, supo que tenía que tomar una decisión y decidió actuar rápido, antes de que la noticia llegase a los medios de comunicación y eso afectase a la empresa.

—El señor Dimitrakos no recibe a nadie sin estar citado —repitió en tono frío la esbelta recepcionista—. Si no se marcha, señorita Glover, me veré obligada a llamar a seguridad para que la saquen del edificio.

Como respuesta, Tabby volvió a dejar caer su cuerpo delgado en uno de los mullidos sillones de la recepción. Enfrente de ella había un hombre de más edad leyendo unos documentos y hablando en un idioma extranjero por teléfono. Saber que no tenía buen aspecto no la ayudaba, pero hacía tiempo que no dormía del tirón, ya no tenía ropa decente y, además, estaba desesperada. Si no hubiese estado desesperada no habría ido a DT Industries para intentar conseguir una entrevista con el poderosísimo hombre que se negaba a hacerse responsable de la niña a la que Tabby quería con todo su corazón. Acheron Dimitrakos era un cerdo egoísta y arrogante. Tenía más dinero que Midas, pero le había dado la espalda a Amber y jamás se había preocupado por su bienestar. Ni siquiera había querido reunirse nunca con ella, con la que compartía su tutela.

La recepcionista llamó a seguridad con voz alta y clara, sin duda para hacer que Tabby se marchase de allí antes de que los guardias llegasen. Ella se puso tensa, pero se quedó donde estaba con el cuerpo rígido, intentando desesperadamente encontrar la manera de poder hablar con Acheron.

Y entonces el destino acudió a su ayuda y le puso delante al hombre moreno y alto al que conocía por las fotografías que había visto en las revistas. Acababa de entrar en la recepción seguido por varios hombres trajeados y Tabby se puso en pie y corrió detrás de él.

—¡Señor Dimitrakos! ¡Señor Dimitrakos! —balbució, intentando pronunciar bien su complicado apellido.

Este se detuvo delante de los ascensores y la miró con recelo. Los guardias de seguridad se acercaron corriendo y se disculparon ante el hombre que Tabby tenía delante.

—¡Soy Tabby Glover, la otra tutora de Amber! —se presentó ella mientras dos hombres la agarraban de los brazos y la hacían retroceder—. Necesito verlo... He intentado conseguir una cita, pero no lo he logrado. ¡Es muy importante que hablemos antes de este fin de semana!

Ash pensó exasperado que su equipo de seguridad tenía mucho que mejorar. Había permitido que una mujer loca lo arrinconase en la última planta de su propio edificio. La joven vestía una chaqueta vieja, pantalones vaqueros y zapatillas de deporte, llevaba el pelo recogido en una coleta e iba sin maquillar. Era de estatura baja y delgada, en absoluto su tipo... pero tenía unos ojos azules impresionantes, casi violetas, y los rasgos del rostro muy marcados.

—¡Por favor! —le rogó Tabby—. No puede ser tan egoísta... ¡Nadie puede serlo! El padre de Amber era de su familia...

—Yo no tengo familia —replicó él en tono seco—.

Acompáñenla fuera y asegúrense de que esto no vuelve a ocurrir.

Sorprendida de que no quisiera darle ni siquiera cinco minutos de su tiempo, y de que no pareciese reconocer el nombre de Amber, Tabby se quedó en silencio un par de segundos. Después se dirigió a él tan enfadada que utilizó un lenguaje que no había utilizado nunca antes. Él la miró con los ojos brillantes un instante y a Tabby le sorprendió, se dio cuenta de que aquella máscara que portaba normalmente escondía oscuros secretos.

–¿Señor Dimitrakos...? –intervino otra voz.

Tabby se giró sorprendida y vio al hombre que había estado sentado frente a ella en recepción.

–Esa niña es... ¿recuerda que su difunto primo le pidió que fuese tutor hace un par de meses y usted se negó? –le recordó Stevos Vannou en voz baja y tono respetuoso.

Ash recordó algo que le era irrelevante y frunció el ceño.

–¿Qué pasa con ella?

–¡Cerdo egoísta! –volvió a arremeter Tabby contra él, indignada al ver la indiferencia con la que hablaba de la niña–. Iré con esto a la prensa... se lo merece. ¿Para qué quiere tanto dinero si no hace nada con él?

–¡*Siopi!* ¡Cállese! –le dijo él, primero en su lengua materna.

–¿Usted y qué ejército van a mantenerme callada? –replicó Tabby, poniéndose muy recta.

–¿Qué quiere? –le preguntó Acheron a su abogado, como si ella no estuviese allí.

–Le sugiero que hablemos del tema en su despacho –respondió Stevos.

Ash se sintió impaciente. Hacía solo tres días que había enterrado a su padre y se le estaba complicando la semana sin que le hubiese dado tiempo a asimilar su repentina pérdida a causa de un infarto. Lo último que le apetecía era tener que lidiar con un drama entorno a una niña a la que ni siquiera conocía y que no le importaba lo más mínimo. Se acordó de Troy Valtinos, sí, un primo tercero al que tampoco había tenido nunca el placer de conocer, que había fallecido recientemente y había pretendido cargarle a él con los cuidados de su hija. Acto que Ash consideraba de inexplicable locura y del que recordaba haber hablado unos meses antes con Stevos. Él era soltero y no tenía hijos y, además, viajaba constantemente. ¿Qué demonios iba a hacer con una niña huérfana?

–Siento haberle insultado –mintió Tabby, haciendo un esfuerzo con la esperanza de ganarse así una entrevista–. No tenía que haberlo hecho...

–Ha sido muy grosera –le respondió él antes de dirigirse a los guardias de seguridad–. Suéltenla. Y sáquenla de aquí en cuanto haya terminado con ella.

Tabby apretó los dientes, se estiró la chaqueta y se pasó las manos por los vaqueros. Ash estudió brevemente su rostro ovalado, fijando la atención en los labios generosos, rosados y no pudiendo evitar pensar en lo que podría hacer con ellos. Se le encogió el estómago y eso lo puso todavía de peor humor al recordar el tiempo que hacía que no se dejaba llevar por su libido. Tenía que estar muy mal para reaccionar así ante una mujer tan ignorante.

–Le daré cinco minutos de mi valioso tiempo –le dijo Acheron muy a su pesar

–¿Cinco minutos cuando lo que hay en juego es la vida y la felicidad de una niña? Qué generoso por su parte –respondió Tabby en tono sarcástico.

–Veo que, además de vulgar, es insolente –respondió él, que no estaba acostumbrado a que nadie le hablase así, mucho menos una mujer.

–Pero he conseguido hablar con usted, ¿no?, mientras que siendo educada nunca he conseguido nada –comentó Tabby, pensando en todas las llamadas de teléfono que había hecho en vano.

Le daba igual lo que pensase de ella un tipo estirado y snob, podrido de dinero. No obstante, en realidad no le gustaba haberse acercado a él de manera tan agresiva, sabía que no era sensato. Sabía que, si conseguía penetrar en su caparazón, aquel hombre podría ayudar a Amber mucho más que ella. Los servicios sociales no la consideraban una tutora adecuada para la niña porque estaba soltera y no tenía ni una casa decente ni dinero.

–Empiece a hablar –le dijo Ash, abriendo la puerta de su despacho.

–Necesito su ayuda para conservar la custodia de Amber. Soy la única madre que ha conocido y está muy unida a mí. Los servicios sociales quieren quitármela el viernes y meterla en un hogar de acogida, con vistas a darla después en adopción.

–¿Y no es lo mejor, dadas las circunstancias? –preguntó Stevos, el abogado de Ash, como si lo más normal fuese que Tabby dejase marchar a la niña a la que tanto quería–. Creo recordar que usted es soltera y que vive gracias a los subsidios, así que una niña debe de ser una carga considerable...

Acheron se había quedado helado al oír hablar de un hogar de acogida, pero nadie se había dado cuenta. Era un secreto bien guardado que, a pesar de que su madre había sido una rica heredera griega, él había estado varios años de familia de acogida en familia de acogida, teniendo que sufrir la absoluta indiferencia de unos y la crueldad y los abusos de otros. Y jamás se le había olvidado la experiencia.

–No he vivido de subsidios desde que Sonia, la madre de Amber, falleció. Cuidé de ella hasta su muerte y por eso no podía trabajar –protestó Tabby, mirando a Acheron como si le acabasen de herir el orgullo–. Mire, no soy ninguna aprovechada. Hace un año Sonia y yo teníamos un negocio que funcionaba bien, hasta que Troy murió y ella cayó enferma. Fue entonces cuando yo lo perdí todo también. Amber es lo más importante que tengo, pero, a pesar de ser su tutora, no es sangre de mi sangre y eso hace que tenga muy pocos derechos ante la justicia.

–¿Y por qué ha acudido a mí? –le preguntó Ash en tono seco.

Tabby puso los ojos en blanco.

–Porque Troy pensaba que era usted un tipo estupendo...

Ash se puso tenso e intentó no sentirse ofendido. Entonces pensó que una niña inocente iba a ir a una casa de acogida y no pudo soportarlo.

–Jamás conocí a Troy.

–Él intentó conocerlo a usted. Decía que su madre, Olympia, había trabajado para la de usted –le contó Tabby.

Acheron frunció el ceño al acordarse de Olympia Carolis, una de las criadas de su madre. Cuando le habían planteado el tema de la tutela, no había caído en que Troy era el hijo de Olympia, aunque entonces recordó que había dejado de trabajar en su casa estando embarazada. Probablemente, embarazada de Troy.

–Troy estaba desesperado por encontrar trabajo aquí en Londres y usted era su ídolo –le explicó Tabby.

–¿Su... qué? –repitió él en tono de burla.

–Los falsos halagos no van a ayudarla –intervino Stevos Vannou.

–No ha sido un falso halago –lo contradijo Tabby, enfadada con el abogado por mostrar aquella actitud. Luego volvió a mirar a Ash–. Es la verdad. Troy lo admiraba profesionalmente. Incluso estudió lo mismo que usted. Lo consideraba el cabeza de su familia, por eso lo nombró tutor de su hija en el testamento.

–Vaya, y yo soy tan inocente que pensaba que lo había hecho solo por mi dinero –comentó Ash con ironía.

–¡Es usted odioso! –replicó Tabby indignada–. Troy era encantador. ¿De verdad piensa que sabía que iba a morir en un accidente de tráfico con veinticuatro años? ¿O que su esposa enfermaría también poco después de haber dado a luz? Troy jamás habría aceptado su dinero.

–Y, no obstante, ese encantador hombre dejó a su esposa y a su hija en la indigencia –le recordó él.

–Troy no tenía trabajo y, por aquel entonces, Sonia ganaba dinero suficiente con nuestra empresa. Ninguno de los dos podía imaginar lo que les depararía el futuro.

–Pero eso no significa que sea justo que me nombrase a mí tutor de su hija –matizó Ash–. Lo normal habría sido pedirme permiso antes.

Rígida por la tensión, Tabby no respondió a aquello. En cierto modo, Acheron tenía razón.

–¿Puede decirnos qué espera exactamente del señor Dimitrakos para que no perdamos más el tiempo? –preguntó Stevos.

–Quiero pedirle al señor Dimitrakos que me apoye en mi deseo de adoptar a Amber.

–¿Le parece un objetivo realista, señorita Glover? –preguntó el abogado–. No tiene casa, dinero ni pareja y, según tengo entendido, necesitaría al menos una vida estable para que los servicios sociales la considerasen apta para la adopción.

–¿Y qué tiene eso que ver con no tener una pareja? –inquirió Tabby, poniéndose a la defensiva–. He tenido un año muy complicado, como para perder el tiempo buscando marido.

–Cosa que tampoco habría resultado nada fácil, teniendo en cuenta su actitud –añadió Acheron.

Tabby abrió la boca y la volvió a cerrar, enfadada y desconcertada con el multimillonario griego.

–¿Me está acusando de no tener modales? ¿Acaso usted los tiene? –replicó.

Stevos estudió a los dos adultos que tenía delante, picándose e insultándose como dos adolescentes, antes de apartar la vista de ellos.

–Señorita Glover, el hecho de que tuviese una pareja lo cambiaría todo. Criar a un hijo es todo un reto hoy en día y todo el mundo sabe que la presencia de dos padres lo hace más fácil.

–¡Por desgracia, no puedo conseguir una pareja de hoy para mañana! –exclamó Tabby, deseando que aquel hombre dejase de hablar de su idoneidad para adoptar a Amber.

De repente, a Stevos se le ocurrió una idea descabellada. Miró a Acheron y le dijo en griego:

–Podríais ayudaros el uno al otro...

Ash frunció el ceño.

–¿Cómo?

–Ella necesita un hogar estable y un marido para poder adoptar a la niña, y tú necesitas una esposa. Con el compromiso de ambas partes y unas negociaciones legales serias, ambos podríais conseguir lo que os proponéis y nadie tendría por qué enterarse de la verdad.

Acheron entendió lo que su abogado quería decir, pero le pareció inaudito que se hubiese atrevido a hacerle semejante propuesta. Miró con desprecio a Tabby Glover y luego respondió.

–Debes de estar loco. ¡Es una mujer vulgar y malhablada!

–Tú tienes dinero suficiente para cambiarla antes de presentarla en público –le respondió Stevos en tono seco–. Estoy hablándote de una esposa a la que pagas para que sea tu esposa, no de una normal y corriente. Si te casas, solucionarás todos tus problemas con respecto a la empresa...

Acheron se quedó pensativo y se centró en su principal problema en esos momentos: Tabby Glover. Era evidente que no era la mujer adecuada, pero no pudo evitar pensar también en Troy Valtinos y en su madre, Olympia, y tener remordimientos de conciencia.

–No podría casarme con ella. No me gusta...

–No hace falta que te guste –le respondió Stevos en voz baja–. Solo quieres conservar la empresa. Tienes muchas casas, puedes meterla en una de ellas y casi olvidarte de que está ahí.

–En estos momentos, lo primero es pensar en la niña –respondió él, sorprendiendo a su abogado–. Quiero asegurarme de que está bien. He descuidado mis responsabilidades con ella.

–Miren... –los interrumpió Tabby, cruzándose de brazos con indignación–. Si van a seguir hablando en un idioma extranjero y fingiendo que no estoy aquí...

–Ojalá no estuviese aquí –murmuró Ash.

Tabby cerró los puños.

–¡Apuesto a que más de una mujer le ha dado una buena bofetada!

Él la retó con su mirada brillante y después sonrió divertido.

–Pues no, ninguna...

Y Tabby se recordó que estaba allí por Amber y que sus necesidades eran lo más importante en esos momentos, por despreciable que le pareciese aquel hombre. Aunque, al mismo tiempo, también era muy guapo, impresionante. Ella nunca había tenido mucho éxito con los hombres. Había tenido muchos amigos, pero pocos novios, y Sonia le había advertido en alguna ocasión que tenía la lengua demasiado afilada y era demasiado independiente y crítica para atraer al sexo masculino. Por desgracia, Tabby no habría podido sobrevivir a una vida tan dura sin aquellos atributos tan poco femeninos.

−¿Quieres conocer a la niña? −le preguntó Stevos a Ash antes de que volviese a estallar la guerra entre ellos.

Tabby sonrió de repente y su rostro se iluminó como la luz del sol. Asheron la miró fijamente y se dio cuenta de que detrás de aquella fachada rebelde podía haber una mujer atractiva. A él le gustaban las mujeres femeninas, muy femeninas. Y aquella era ordinaria, desaliñada y la tutora de la nieta de Olympia, se recordó muy a su pesar. Y luego estaba la niña, Amber. Volvió a maldecirse por no haber caído en quién era antes, por intentar siempre evitar cualquier vínculo emocional. No tenía familia, no quería a nadie, no tenía más responsabilidades que su empresa y le gustaba que su vida fuese así, pero era un hombre decente. Se acordó de Olympia, que siempre había sido amable y buena con él a pesar de que los demás lo habían considerado un niño difícil. Olympia era uno de los pocos recuerdos buenos que tenía de su niñez.

−Sí, quiero ver a la niña lo antes posible −confirmó.

Tabby inclinó la cabeza, sorprendida por su repentino cambio de opinión.

–¿Qué le ha hecho cambiar de idea?

–Tenía que haberme interesado por sus circunstancias cuando me informaron del tema de la tutela –respondió él.

Estaba enfadado consigo mismo por haber establecido un sistema que asegurase que no se le molestaba demasiado ni se le daban detalles acerca de nada que pudiese distraerlo de su trabajo.

–Pero voy a hacerlo ahora y quiero que sepa, señorita Glover, que no la apoyaré en su deseo de adoptar a la niña a no ser que confirme que es apta para cuidarla. Gracias por tu ayuda, Stevos, pero con respecto a tu última sugerencia... me temo que no es aceptable.

Capítulo 2

PODRÍA haberme dado algo de tiempo antes de su visita –comentó Tabby después de darle al conductor uniformado la dirección del sótano en el que estaba viviendo en esos momentos gracias a su amigo Jack.

Jack, Sonia y Tabby se habían hecho amigos, y casi hermanos, después de haber pasado la adolescencia en la misma casa de acogida.

Tabby se sentó en el asiento de piel negro de la limusina de Acheron y miró sorprendida a su alrededor. Un minuto antes, los mismos guardias de seguridad que habían intentado echarla le habían abierto las puertas del edificio.

–Avisarla no sería sensato. Quiero ver cómo vive sin que haga ningún esfuerzo para intentar impresionarme –respondió Acheron mientras abría un ordenador portátil y lo ponía encima de una mesa que acababa de salir al pulsar un botón.

Tabby apretó los dientes y pensó que el pequeño apartamento situado en una planta sótano que en esos momentos compartía con Amber no daba para impresionar a nadie. Si seguía teniendo a la niña era gracias a Jack, que se había convertido en un pequeño constructor. Le dolió que su larga amistad

con Sonia no contase nada frente al remoto paren-
tesco entre Acheron Dimitrakos y Troy. ¿Qué relación habían tenido? La abuela de Troy había
sido prima de la madre de Acheron, por lo que este
debía de ser primo tercero, o algo así, de Amber.
Mientras que ella había conocido y querido a Sonia
desde los diez años. Se habían conocido en una re-
sidencia en la que ambas habían sentido pavor por
los niños mayores. Tabby, que había crecido en un
hogar lleno de violencia, había estado mucho más
acostumbrada a defenderse que Sonia, más joven,
y que se había quedado huérfana tras la trágica muerte
de sus padres en un accidente. A Tabby la habían
sacado de su casa y no sabía nada de sus padres.
Habían ido a verla varias veces, e incluso habían intentado rehabilitarse, pero al final había podido más
su irresponsable estilo de vida que su hija.

Acheron Dimitrakos se puso a trabajar en su ordenador y ni siquiera intentó entablar una conversación con ella. Tabby apretó los generosos labios
y lo estudió. Sabía que él la había juzgado por sus
apariencias y, sin duda, por su manera de hablar, y
sintió vergüenza.

Pero dudaba que aquel hombre supiese lo que era
estar desesperado, pensó mientras estudiaba su perfil
moreno, su pelo rizado y negro y las pestañas extraordinariamente largas. Hizo una mueca al pensar
en la idea de tener un novio con las pestañas más largas que las suyas.

Le fastidiaba que fuese todavía más guapo en
persona que en fotografía. Había pensado que las
fotografías estaban retocadas para realzar su belleza

morena, pero acababa de darse cuenta de que era más bien lo contrario. Tenía los pómulos marcados, una nariz perfectamente recta, unos labios sensuales, y además era muy alto, de hombros anchos, caderas estrechas y piernas largas. De hecho, tenía todos los atributos que podía tener un hombre.

No obstante, dispuesta a centrarse en sus defectos, Tabby se dijo que no era una persona agradable ni cariñosa. De hecho, teniendo en cuenta que se había negado rotundamente a interesarse por la hija de Troy y Sonia, era extraño que en esos momentos quisiera molestarse en conocerla. Tabby imaginó que había conseguido que se sintiese culpable por lo que, al fin y al cabo, debía de tener conciencia. ¿Significaba eso que la apoyaría para que pudiese adoptar a Amber? Y, lo que era más importante, ¿impresionaría su opinión a los servicios sociales?

Acheron no podía concentrarse y eso lo irritó. Tobby Glover no paraba quieta y los constantes movimientos de su cuerpo delgado eran una molesta distracción. Se fijó en sus uñas mordidas, en lo viejas que eran sus zapatillas, en los gastados pantalones vaqueros ajustados a sus esbeltos muslos, y se maldijo por ser tan observador. Se sentía como pez fuera del agua y, a pesar de haberle dicho a Stevos que volviese a su despacho, no le gustaba el rumbo que había tomado. Al fin y al cabo, ¿qué sabía él de las necesidades de una niña pequeña? ¿Por qué se sentía culpable por haber decidido ya que aquella joven no era adecuada para criar a una niña?

Cuando el coche se detuvo, Tabby salió de la limusina y bajó unas escaleras para meter la llave en la puerta del apartamento. «Aquí estamos», pensó nerviosa mientras abría la puerta.

Ash se quedó inmóvil, espantado con la entrada del piso. Había andamios, cubos y herramientas por todas partes, cables y paredes de escayola. Tabby abrió la primera puerta que había a la izquierda de la entrada.

Acheron la siguió hasta la pequeña habitación llena de muebles y una mesa con un minihorno, una tetera y migas por todas partes. También había muchas cosas de bebé. En la cama, rodeada de papeles, estaba sentada una adolescente que, al ver a Tobby sonrió y empezó a recoger.

—Amber se ha portado estupendamente. Ha comido algo, ha tomado un biberón y la he cambiado.

—Gracias, Heather —le dijo Tabby en voz baja a la chica que vivía en el apartamento de arriba—. Te agradezco la ayuda.

La niña estaba sentada en una cuna situada entre la cama y una pared. Acheron la miró desde lejos y se fijó en que tenía el pelo rizado y negro, los ojos marrones y grandes y una enorme sonrisa en los labios que era para Tabby.

—¿Cómo está mi niña? —preguntó ella, inclinándose para tomarla y abrazarla con fuerza.

Sus brazos regordetes la abrazaron por el cuello mientras, por encima del hombro de Tabby, la pequeña lo miraba a él con curiosidad.

—¿Qué edad tiene? —preguntó Ash.

—Deberías saberlo —replicó Tabby fríamente—. Seis meses.

–¿Y saben las autoridades que la tiene aquí?

Tabby se ruborizó y se sentó en la cama porque Amber pesaba cada día más.

–No. Les he dado la dirección de Jack. Es un amigo que compró este apartamento para reformarlo y venderlo después. Me ha dejado que me quede aquí. En su casa no cabemos.

–¿Cómo puede vivir en un lugar tan sórdido como este con un bebé y pensar que está haciendo todo lo que puede por ella?

–Para empezar, no es sórdido –protestó, apresurándose a dejar a Amber de nuevo en la cuna–. Está limpio. Tenemos comida y luz, y un baño completo al otro lado de esa puerta.

Señaló hacia el otro lado de la habitación y le tembló el brazo, así que volvió a bajarlo. De repente, tenía los ojos llenos de lágrimas y estaba empezando a dolerle la cabeza.

–Por el momento es lo que tengo.

–Pero no es suficiente –replicó Ash–. No debería tener a una niña tan pequeña en un sitio así.

Tabby tenía tal tensión en las sienes que se llevó la mano a la cabeza para deshacerse la coleta. Acheron vio un torrente de pelo rubio caer hasta su cintura y pensó que por fin había algo en ella que le gustaba: una melena rubia que, si no se equivocaba, era natural.

–Lo estoy haciendo lo mejor posible –insistió con firmeza, preguntándose por qué la miraba así.

–¿Y de qué vive? –preguntó Acheron haciendo una mueca.

–Limpio. No perdí todos mis clientes cuando tuve que cerrar el negocio, así que sigo trabajando para algunos. Me llevo a Amber conmigo. Casi todos mis clientes están trabajando cuando voy, así que no les molesta que lleve a la niña –admitió–. Mírela. Está limpia, bien alimentada y feliz. Casi no nos separamos nunca.

Ash asimiló la información con otra mueca.

–Lo siento, pero me parece que no es suficiente. Nada de lo que he visto hasta ahora me convence de lo contrario. No tiene una casa adecuada para la niña. Está viviendo en el umbral de la pobreza...

–¡El dinero no lo es todo! –se quejó Tabby–. La quiero, y ella me quiere a mí.

Ash la vio inclinarse sobre la cuna para acariciar a la niña, que sonrió de nuevo.

–Solo amor tampoco es suficiente. Si tuviese una familia que la apoyase y una casa para criarla, sería de otra opinión, pero sola y en esa habitación, llevándola con usted a trabajar, no estoy de acuerdo –le dijo–. Podría estar mejor. Debería estar mejor. Tendría que pensar en las necesidades de la niña y no en las suyas propias.

–¿Está sugiriendo que soy egoísta? –inquirió Tabby con incredulidad.

–Sí. Es evidente que le ha dado todo lo que podía dar desde la muerte de su madre, pero ha llegado el momento de que retroceda y piense en ella.

Las lágrimas empezaron a correr por las mejillas de Tabby y, por primera vez en muchos años, Acheron se sintió como un verdadero cretino a pesar de haberse limitado a decir lo que veía. También veía el vínculo y el amor que había entre ambas, pero no era suficiente. La nieta de Olympia merecía más.

–¿Qué edad tiene usted?

–Veinticinco años.

–Tenía que haberme ocupado de este tema cuando se me presentó por primera vez –reconoció él muy a su pesar, pensando que aquella mujer era demasiado joven e inmadura para asumir semejante responsabilidad.

Si Tabby Glover se encontraba en aquella situación era por su culpa.

–No si eso hubiese significado separarnos antes a Amber y a mí –argumentó Tabby– ¿Es que no entiende lo mucho que me importa? Su madre y yo éramos amigas desde niñas y, cuando Amber sea lo suficientemente mayor, podré compartir con ella los recuerdos que tengo de sus padres. Seguro que usted puede ayudarme.

Desde un punto de vista personal, Acheron no quería implicarse en aquello. Siempre había evitado situaciones emocionales y responsabilidades ajenas a su empresa, decisión que había preocupado mucho a su difunto padre.

Tabby estudió el rostro de Acheron y se maravilló de lo perfecto que era.

–Haré lo que sea necesario para que siga conmigo.

Él frunció el ceño.

–¿Qué significa eso?

–¿Usted qué cree? Estoy desesperada por quedarme con Amber. Si quiere hacerme alguna sugerencia acerca de cómo ser una mejor madre para ella, estoy dispuesta a escucharlo y a aceptar sus consejos −le respondió ella con toda la humildad que le proporcionaba el miedo.

−Pensé que me estaba ofreciendo sexo −dijo Acheron con toda sinceridad.

−¿En serio? −preguntó Tabby sorprendida−. ¿Le ocurre mucho? Quiero decir... que las mujeres se le ofrezcan.

Acheron asintió con frialdad.

Ella abrió mucho los ojos violetas y levantó la cabeza. El pelo rubio formó una sedosa cascada alrededor de sus hombros. En cuestión de unos segundos, había pasado de ser una mujer tal vez guapa a resultar preciosa a ojos de Acheron. La deseó, pero supo que ni era una sensación que quería ni iba a actuar basándose en ella. No obstante, su cuerpo era testarudo y desobediente, y lo obligó a imaginársela en su cama, con aquella melena esparcida sobre su pecho y aquella generosa boca dándole placer. Apretó los dientes e intentó borrar la fantasía de su mente.

−No me extraña que sea tan engreído, si las mujeres se le ofrecen −comentó Tabby sin poder evitarlo, consciente de la tensión que había en el ambiente.

Le gustaba mirarlo, no sabía qué tenían aquellas facciones que parecían esculpidas que tanto la fascinaban. Sus ojos se cruzaron con los de él y notó calor entre los muslos, se le endurecieron los pechos, y aquel fue un mensaje que no pudo evitar. Aquel hombre la atraía. Era griego, rico, muy guapo y tenía el corazón de piedra, y la atraía. Tabby se ruborizó al pensar en lo caprichosa que podía llegar a ser la química.

Acheron pensó en lo que Tabby le había dicho, que estaba dispuesta a cualquier cosa con tal de quedarse con la niña. Y, de repente, se preguntó por qué no. La idea de Stevos no era tan descabellada como había pensado en un principio. Tanto él como aquella extraña chica querían algo del otro, y él se aseguraría de que Amber saliese beneficiada de ello, satisfaciendo así también a su atormentada conciencia.

—Hay una manera de que pueda quedarse con Amber —dijo directamente, impaciente por exponerle la idea.

Tabby se inclinó hacia delante en la cama. Sus ojos violetas se clavaron en él.

—¿Cuál?

—Podríamos solicitar su adopción como pareja...

—¿Como pareja? —repitió ella desconcertada.

—Podría conseguirse con mi respaldo, pero antes tendríamos que casarnos —le explicó Ash, decidiendo en ese momento que no iba a contarle la verdad para no ponerse así en una situación de debilidad y arriesgarse a que ella terminase haciéndole chantaje.

—¿Casarnos? —dijo Tabby con incredulidad.

—Para poder adoptar a la niña. Me parece que así tendríamos más posibilidades de conseguirlo lo antes posible.

—A ver si lo he entendido bien... ¿Me está diciendo que estaría dispuesto a casarse conmigo para que yo pueda adoptar a Amber?

—No estoy hablando de un matrimonio de verdad, como es evidente. Solo sugiero que nos casemos y que presentemos juntos la solicitud de adopción. Solo tendríamos que fingir que vivimos bajo el mismo techo hasta que se completase el proceso.

Tabby lo pensó, no sería un matrimonio de verdad, sino un matrimonio falso, pero, no obstante, seguía sorprendiéndole que Acheron quisiese ayudarla.

–¿Por qué haría eso por nosotras? Hace solo un par de meses se negó a tener nada que ver con Amber.

–Entonces no sabía que era la nieta de Olympia Carolis.

–¿Olympia... qué? –preguntó ella.

–La madre de Troy. Solo conocía su apellido de soltera. La conocí de niño porque trabajaba para mi madre y vivía con nosotros –le contó él a regañadientes–. Perdí el contacto con aquella rama de la familia cuando mi madre murió, pero me caía bien Olympia. Era una buena mujer.

–Y, aun así, no siente ningún interés por Amber –comentó Tabby con el ceño fruncido, sin entenderlo–. Ni siquiera ha intentado tomarla en brazos.

–No estoy acostumbrado a los bebés y no quiero asustarla –se excusó él–. Tenía que haberme interesado más por ella cuando me informaron de que era su tutor. Si hubiese aceptado mi responsabilidad entonces, la situación no habría llegado a un punto tan crítico.

Aquello tranquilizó a Tabby, que no había estado preparada para tanta honestidad. Había cometido un error y era lo suficientemente hombre para admitirlo, actitud que ella respetaba. Además, se había acercado un poco a la cuna y a Amber que, como siempre, le sonreía con la esperanza de que la sacase de allí. Pero Acheron se quedó inmóvil, tenso, y Tabby supo que si había alguien asustado no era la niña, sino él.

—Entonces, ¿ha cambiado de opinión y piensa que debo adoptarla?

—No del todo —admitió él—. Si seguimos adelante con esto, yo estaré siempre pendiente del bienestar de Amber, y si me parece que es capaz como madre, le daré su custodia completa cuando nos divorciemos. Por supuesto, cuando esto ocurra, me aseguraré de que tenga una casa de verdad en la que criarla.

En otras palabras, que Tabby estaría en periodo de prueba mientras durase el falso matrimonio. Aquella no era una buena noticia, pero lo cierto era que a Acheron Dimitrakos debía de importarle lo que le había ocurrido a Amber si estaba dispuesto a casarse con ella solo por la niña.

Ash pensó que iba a matar dos pájaros de un tiro. La ceremonia tendría lugar en algún sitio discreto, pero si quería que la gente creyese que eran pareja de verdad, antes tendría que transformar a aquella mujer.

—Ahora la llevaré a casa conmigo —anunció—. Traiga a la niña... y deje todo lo demás. Mi personal se encargará de sus pertenencias.

—¿Está de broma? ¿Piensa que me voy a ir a vivir con usted así, sin más? —le preguntó ella con incredulidad—. ¿Tan ingenua le parezco?

Acheron la miró fijamente.

–Le advierto que solo le voy a dar una oportunidad y que no soy un hombre paciente. No puedo dejarla viviendo aquí con la niña y, si decidimos ir adelante con el plan de boda y adopción, lo mejor será que no perdamos el tiempo.

Tabby se levantó de la cama de un salto. Él movió los pies y arqueó una ceja, emanaba tensión. Pensaba que le estaba haciendo un favor y que ella debía aceptarlo sin pensárselo dos veces, y tenía razón.

–De acuerdo –respondió.

Metió pañales, biberones y una caja de leche en polvo en la gastada bolsa del bebé. Después le puso a la niña una chaqueta que le quedaba demasiado pequeña y la sentó en la sillita, que no utilizaba nunca porque había tenido que vender el coche.

Acheron ya estaba hablando por teléfono con su secretaria, diciéndole que buscase inmediatamente una niñera porque no podía llevar a la pequeña de compras con ellos. El trato estaba cerrado, solo había que confirmar los detalles, y él volvía a estar en su elemento.

Ash estuvo al teléfono durante los diez primeros minutos del viaje, dando instrucciones, organizando los preparativos, diciéndole a Stevos que empezase con el papeleo. Por primera vez en aquella semana, sintió que volvía a tener el control de su vida y se sintió bien. Miró de reojo a Tabby, que estaba ocupada enseñándole a Amber cosas por la ventanilla, y apretó los labios porque sabía que no iba a ponerle las cosas fáciles.

–¿Adónde vamos? –preguntó esta, todavía aturdida después de la conversación que habían tenido acerca de la boda y la adopción.

—A mi apartamento, donde dejaremos a... Amber —le explicó él con cautela.

—¿Y con quién tiene pensado dejarla? ¿Con su secretaria? De eso, nada.

—He pedido una niñera, que estará allí cuando lleguemos. Dejaremos a la niña e iremos de compras, para que se compre ropa.

—Amber no necesita una niñera y yo no necesito ropa.

Acheron la miró fijamente, haciendo que se sonrojase.

—No va vestida adecuadamente. Si quiere que la cosa resulte convincente, necesita ropa nueva —la contradijo él.

A ella le ardió la mirada, giró la cabeza.

—No necesito...

—Si lo dice las volveré a dejar en el limpio y acogedor sótano —le advirtió Acheron.

Tabby respiró hondo y se dio cuenta de que estaba atrapada, cosa que no había permitido jamás, porque estar atrapada significaba ser vulnerable. Pero si decía que no, perdería a Amber para siempre.

¿Había tenido razón Acheron Dimitrakos al decirle que era egoísta por querer quedarse con la niña? En realidad, lo único que podía ofrecerle era su amor, y él había dicho que eso no era suficiente. Pero era algo que Tabby valoraba mucho porque no lo había tenido de niña. Solo el tiempo diría si había tomado la decisión correcta para Amber al luchar por ella.

Amber la abrazó en el ascensor, camino del apartamento de Acheron, al sentir su tensión. Acheron estaba en la otra punta de la cabina. Tabby volvió a estudiarlo. Le molestaba que fuese tan frío mientras que ella era todo un mar de sentimientos. Le daba miedo estar equivocándose, estar pensando en sus propios sentimientos y no en las necesidades de Amber... ¿De quién era la culpa? Ella no había dudado de su capacidad como madre hasta que Acheron Dimitrakos se había cruzado en su camino. En esos momentos se enfrentaba al reto de renunciar a su orgullo y a su independencia para intentar estar a la altura.

–Creo que no va a funcionar –le dijo–. No pegamos juntos.

–No es necesario que estemos hechos el uno para el otro –respondió él con ironía––. Deje de discutirlo todo. Me molesta.

–El tema de la niñera es importante. ¿Quién es?

–Una profesional con unas referencias intachables. Jamás pondría en peligro a la niña.

Acheron la miró fijamente y ella apartó la mirada. Le ardían las mejillas y tenía la boca seca. Estaba más tensa de lo necesario. Por un segundo, sintió que Amber era la única cosa de su mundo que aquel hombre no estaba destruyendo e intentando reconstruir. La intimidaba. Aunque lo más importante era que estaba dispuesto a ayudarla.

–¿No será ilegal, ese matrimonio que me ha propuesto? –le preguntó de repente.

–¿Por qué iba a ser ilegal? –replicó él, mirándola con frialdad–. Lo que ocurre dentro de cada matrimonio es privado.

–Pero el nuestro sería un engaño.

–No le vamos a hacer daño a nadie. Solo queremos presentarnos como una pareja apta para una adopción.

–Está usted desfasado. Muchas parejas ya no se casan –comentó Tabby.

–En mi familia siempre nos casamos cuando hay niños de por medio –le aclaró Acheron.

«De acuerdo, recuérdame que no pertenecemos al mismo mundo», pensó ella furiosa, sintiendo que le ardían las mejillas. Sus padres no se habían casado, era probable que jamás hubiesen pensado en casarse por ella.

Lo volvió a mirar, no pudo evitarlo, y sus ojos oscuros hicieron que se le encogiese el estómago y que notase calor en la pelvis. Aquel hombre tenía algo, pensó enfadada, apartando la atención de él cuando las puertas del ascensor se abrieron, algo sexy y peligroso que rompía todas sus defensas. Tabby no podía comprender que se comportase como un bloque de hielo y que, al mismo tiempo, pudiese tener semejante efecto en ella.

Capítulo 3

LA NIÑERA, que iba vestida con un uniforme que sugería que pertenecía a la clase alta de las niñeras cualificadas esperaba a Acheron y a Tabby en el espacioso salón y solo tardó unos minutos en ganarse a Amber y conseguir quitársela a Tabby de los brazos.

–Vamos –dijo Acheron con impaciencia–. Tenemos mucho que hacer.

–No me gusta ir de compras –protestó Tabby, a la que no le gustaba nada la idea de que él le pagase la ropa.

–A mí tampoco. De hecho, normalmente lo más parecido a ir de compras con una mujer que hago es darle mi tarjeta de crédito –admitió él–, pero no confío en su gusto.

Un par de minutos después, Tabby volvía a subirse en silencio en la limusina de Acheron, dispuesta a no luchar contra él, ya que sabía que era una batalla que no podía ganar. No obstante, la vistiese como la vistiese, no cambiaría a la persona que era en realidad. No, sería sensata y pensaría en la ropa como un mal necesario para su farsa, otro movimiento de aquello que consideraba más un juego que la realidad, porque en la vida real una chica como ella jamás se casaba con un hombre tan rico y guapo como aquel.

Una *personal shopper* los esperaba en Harrods, donde, sorprendentemente, Acheron parecía estar muy cómodo. Tabby no intentó imponer sus opiniones y esperó a que él escogiese lo que le gustaba. Poco después estaba metida en un probador con un montón de ropa.

–Sal ya –le ordenó Ash tuteándola con impaciencia–. Quiero verte con el vestido rosa.

Tabby contuvo un gemido y se puso el elegante vestido de cóctel, se quitó los calcetines y salió descalza del probador.

Acheron frunció el ceño al verla, se acercó, la rodeó y estudió su cuerpo con sorpresa.

–No me había dado cuenta de que eras tan pequeña.

Ella se mordió el labio inferior. Sabía que no había comido bien en los últimos meses y que las delicadas curvas que habían surcado su cuerpo anteriormente habían desaparecido.

–Soy mucho más fuerte de lo que parezco –dijo, poniéndose a la defensiva.

Acheron estudió sus dimensiones de muñeca con descarado interés, pasando la mirada por sus hombros frágiles, bajándola hasta sus pálidas y delgadas piernas. Podría haberla levantado con una sola mano. A él le gustaban las mujeres con curvas, pero, no obstante, el cuerpo de Tabby le resultó pura delicadeza. Sus pechos no llenaban el escote y no se le marcaban las caderas en la tela, pero la melena rubia iluminaba su rostro ovalado y sus brillantes ojos violetas. Era diferente y extraordinariamente atractiva. Acheron se preguntó si la aplastaría en la cama y apartó de inmediato aquella idea de su mente porque el sexo no formaba parte del acuerdo. Tabby se giró y él se quedó helado al ver en su hombro izquierdo el tatuaje de una rosa.

–Este vestido no sirve –le dijo a la dependienta–. Necesita uno con mangas para tapar eso.

A Tabby se le puso la piel de gallina y se llevó la mano al tatuaje del que se había olvidado. Notó bajo los dedos la cicatriz que ocultaba el dibujo y se le encogió el estómago. Revivió el dolor y el sufrimiento a pesar del paso de los años. Había tomado la decisión de que podía vivir mejor con el tatuaje que con el constante recuerdo de su dura niñez, que la asaltaba cada vez que se miraba en el espejo. El dibujo no era ni mucho menos perfecto porque su piel tampoco lo era y el tatuador ya se lo había advertido antes de hacérselo. Pero, aun un poco borrosa, la flor había cumplido su misión y había ocultado la cicatriz y dado a sus malos recuerdos una sepultura. Ya casi nunca pensaba en aquello.

–¿Cómo has podido desfigurar tu cuerpo con eso? –inquirió Acheron con desprecio.

–Da buena suerte. Lo tengo desde hace años –respondió ella con voz temblorosa, con el rostro pálido, tenso.

La *personal shopper* estaba de vuelta con un vestido de manga larga y Tabby volvió al probador todavía afectada por aquella repentina vuelta a su violento pasado. La rosa ocultaba el recuerdo de lo que ocurría cuando querías a alguien que no lo merecía.

A Acheron no le gustaban los tatuajes, ¿y qué? Se cambió de vestido y volvió a salir.

Acheron la miró de arriba abajo y ella notó calor en las mejillas. Una ola de deseo recorrió todo su cuerpo, se le secó la boca, se le endurecieron los pezones y le subió la temperatura entre los muslos. Se sintió aturdida y extrañamente embriagada y parpadeó rápidamente, desconcertada ante aquella sensación.

–Ese está bien –sentenció él.

Tabby deseaba tanto tocarlo que tuvo que cerrar las manos con fuerza para evitar hacerlo. «No lo toques, no lo toques», le dijo una voz en su interior. La de él debía estar diciéndole algo distinto, porque se acercó más y tomó sus manos, obligando a Tabby a relajarlas.

Y ella lo miró y se quedó helada, sin respiración. De cerca, sus ojos no eran tan oscuros, sino de un precioso color miel, oro y caramelo, y se veían realzados por aquellas pestañas negras y largas que Tabby envidiaba. Sus dedos la acariciaron con una delicadeza que no había esperado de un hombre tan grande y poderoso y ella se estremeció y notó que perdía el control. Supo que quería que aquellas manos explorasen todo su cuerpo y se ruborizó porque también sabía que estaba perdida. Bruscamente, apartó las manos y se giró. Y cerró los ojos un instante, enfadada consigo misma.

–Pruébate el resto de la ropa –le dijo Acheron con frialdad.

Y ella volvió a entrar en el probador con el rostro ardiendo. Tenía que ser firme y no permitir que Acheron jugase con ella. Era un hombre atractivo, un mujeriego. La había insultado con su comentario acerca del tatuaje y después había conseguido transformar aquel momento en otro muy distinto al tomar sus manos y con tan solo mirarla. Pero ella no era una jovencita que se dejase impresionar por un hombre como aquel, ¿o sí? Todavía era virgen porque no había encontrado al hombre con el que quisiese estar tan cerca, y no tenía pensado meterse en la cama con nadie solo para saber cómo era hacerlo.

Pero Acheron Dimitrakos estaba haciendo que se cuestionase muchas cosas. La atraía, sí, pero en realidad no le gustaba y no confiaba en él. ¿Qué significaba eso? ¿Que estaba pasando por una época de insensatez, como les había ocurrido a sus padres?

Acheron se puso tenso. ¿Qué le había pasado? Había estado a punto de besarla y romper aquella relación no sexual que tenía pensado mantener con ella. Lo mejor sería mantener las distancias, y no podía ser tan difícil, teniendo en cuenta que no tenían nada en común.

Acheron volvió a verla salir del probador enfundada en unos pantalones tobilleros de lana, tacones y un jersey de cachemir color burdeos, ajustado. Estaba muy guapa. Ash tuvo que admitir que el cambio era radical y apretó los dientes cuando su mirada bajó instintivamente a la suave curva de sus pechos.

Se recordó a sí mismo que había hecho lo que tenía que hacer. Era perfecta para su propósito porque necesitaba que el plan funcionase tanto como él. Acheron pensó que, por suerte, nada en su vida iba a cambiar. Había encontrado a la esposa perfecta, una que, en realidad, no era su esposa...

Dejó a Tabby a solas con la dependienta en la zona de lencería, donde esta escogió varias prendas antes de dirigirse a la sección de niños a comprar de todo para Amber. Tabby se sintió feliz solo con pensar que la niña iba a tener ropa nueva, de su talla. El conductor metió todas las bolsas en el maletero de la limusina y ella se sentó junto a Acheron, que estaba hablando por teléfono en francés. Intentó que el hecho de que hablase varios idiomas no la impresionase.

–Esta noche cenaremos fuera –anunció él, guardando el teléfono.

–¿Para qué? –preguntó Tabby consternada.

–Si queremos parecer una pareja normal, nos tienen que ver salir juntos. Ponte ese vestido.

–Ah...

Tabby no dijo nada más, pero lo cierto era que nunca había cenado en un restaurante elegante y le intimidaba la idea de que hubiese demasiados cubiertos y camareros arrogantes que, probablemente, no tardarían en darse cuenta de que no estaba acostumbrada a aquello.

Dos horas más tarde, duchado y cambiado, Acheron abrió la caja fuerte que había en su dormitorio para sacar una caja con un anillo que no había tocado desde hacía años. La esmeralda, que en el pasado había adornado la corona de un marajá, había pertenecido a su difunta madre y serviría de anillo de compromiso. La idea de poner semejante joya en el dedo de Tabby lo estremeció, pero se recordó que aquel compromiso y la posterior boda no serían de verdad.

«Una imagen vale más que mil palabras», solía decir una de sus últimas madres de acogida. Tabby recordó el dicho mientras se maquillaba y disfrutaba de la tranquilidad y el tiempo de volver a utilizar productos cosméticos. El maquillaje había sido uno de los primeros hábitos personales que había abandonado al tener que ocuparse de Amber a tiempo completo, pero como la niñera estaría allí hasta las once de la noche, ella había tenido tiempo de vestirse y arreglarse como toda una señora. ¿Una señora? Hizo una mueca, ya que dudaba que pudiese parecer una señora, y se peinó el pelo recién lavado antes de tomar el bolso a juego con los zapatos y salir de la habitación.

El apartamento de Acheron era enorme, mucho más grande de lo que ella había esperado. A Amber y a ella les habían dado dos habitaciones situadas al final del pasillo, lejos del salón y de la habitación principal que, al parecer, estaba situada encima del salón y a la que se accedía por una escalera de caracol. Tenía que admitir que Acheron Dimitrakos vivía como un rey. Sus mundos no podían estar más alejados.

–Póntelo –le dijo Acheron en el salón, dejándole el anillo en la palma de la mano.

Tabby frunció el ceño al verlo.

–¿Qué es?

–El anillo de compromiso –respondió él–. A veces eres muy lenta.

Tabby se puso el bonito anillo y lo observó mientras se ruborizaba.

–No sabía que íbamos a meternos en florituras, pensé que nos quedaríamos solo con lo básico.

–Dado que vamos a casarnos rápidamente y que no vamos a hacer una gran boda, la farsa necesita parecer más convincente desde el principio.

–Ya vivo contigo y llevo puesta la ropa que has elegido para mí. ¿No es suficiente?

–Muchas parejas viven juntas sin casarse, y muchas mujeres se han puesto ropa que he pagado yo –le dijo Acheron–. Lo nuestro tiene que parecer más serio.

La iluminación del restaurante era tenue e íntima y su mesa, probablemente la mejor. La atención recibida por parte de los camareros fue tan constante que a Tabby le resultó casi claustrofóbica. Después de haber pasado el trayecto en coche hablando por teléfono, casi sin mirarla, Acheron se permitió mirar por fin a su futura esposa. La melena rubia le caía sobre los hombros, enmarcando un rostro alegre y delicado, dominado por los ojos violetas y los labios pintados de fucsia. No podía apartar los ojos de aquella boca, una boca hecha para pensar solo en pecar.

–¿Qué tal estoy en el papel de tu muñeca? –inquirió Tabby en tono burlón para intentar no pensar en que todavía no sabía con qué cubiertos tenía que comerse la ensalada que les iban a llevar.

–Sigues siendo demasiado respondona, pero estás muy guapa con la ropa adecuada –admitió Acheron, sorprendiéndola con el cumplido–. Por el momento estoy muy contento con nuestro trato y puedes estar segura de que cumpliré mi parte.

Él tomó un tenedor y ella otro, y luego lo cambió

con la mirada fija en las manos de Acheron. «Copia lo que haga él», se recordó.

–He pedido un permiso especial y, si todo va bien, podremos casarnos el jueves –le contó este–. Mi abogado está ocupándose de todo y ha contactado con los servicios sociales en tu nombre.

–Qué rapidez.

–Fuiste tú quién dijo que no quería que la niña fuese a un hogar de acogida –le recordó Ash.

Ella se estremeció solo de pensarlo.

–No, no quiero, pero hay cosas de las que todavía no hemos hablado. ¿Qué se supone que voy a hacer yo mientras fingimos estar casados?

Él arqueó una ceja.

–¿Hacer? Nada. Te concentrarás en ser madre y, ocasionalmente, esposa. Tendrás que venir conmigo a algún acontecimiento público. Es lo único que tienes que hacer por mí.

–Estupendo, porque me gustaría volver a empezar mi negocio... poco a poco –dijo ella.

–No. Eso es imposible. La niña merece tener una madre a tiempo completo.

Tabby no pudo creer lo que estaba oyendo.

–La mayoría de las madres trabajan...

–Yo cubriré vuestras necesidades económicas –le dijo él con toda frialdad–. En un futuro próximo, podrás pensar primero en las necesidades de la niña y no tendrás que trabajar.

Tabby apretó los dientes.

–No puedo aceptar tu dinero.

–Lo harás.

–No puedes decirme lo que tengo o no tengo que hacer.

–¿No?

A Tabby se le aceleró el pulso de tal manera que casi no podía respirar ni hablar. Se sintió tan frustrada que solo pudo mirarlo desde el otro lado de la mesa. La quería manejar como si fuese una marioneta.

Intentó calmarse. Acheron estaba dispuesto a ayudarla a adoptar a Amber y ella tendría que soportar su anticuada actitud le gustase o no. Si no lo hacía, perdería a la niña y no podía arriesgarse a eso.

–Parece que has perdido el apetito –comentó Ash, viéndola mover la comida por el plato sin llevarse nada a la boca.

Era un filete cocinado de una manera rara, no como a ella le gustaba, pero como no entendía la pretenciosa carta, escrita en francés, se había limitado a pedir exactamente lo mismo que él.

–Tú has acabado con mi apetito –le respondió en un hilo de voz.

–Si volver a empezar con tu negocio significa tanto para ti, a lo mejor deberías renunciar a adoptar a una niña que va a necesitar mucho más tiempo del que podrás dedicarle como mujer de negocios independiente.

Tabby tuvo que admitir que aquello era cierto. Bebió agua y ni siquiera miró la copa de vino que le habían servido. Nunca bebía alcohol.

–¿Estamos de acuerdo? –le preguntó él con impaciencia cuando llegó el queso.

Tabby asintió con la boca llena de algo que por fin quería comer y prefirió no pensar cómo sería depender económicamente de un hombre por primera vez en su vida.

Al salir del restaurante, Acheron pasó un brazo alrededor de su cintura y ella se sorprendió al ver que estaban rodeados de fotógrafos.

–Sonríe –le ordenó él sin más.

Y ella, muy a su pesar, lo hizo.

–¿Qué ha sido eso? –le preguntó después, una vez en el coche.

–Una demostración pública de nuestra relación –le respondió Acheron–. Mañana saldrá en *The Times* la noticia de nuestro compromiso.

«¿Qué relación?», pensó Tabby con ironía. Tenía que hacer todo lo que él le decía, así que no era una relación, sino una dictadura. Aunque, probablemente, Acheron no conociese la diferencia.

Un llanto sacó a Acheron de su profundo sueño. Escuchó y oyó que el ruido continuaba. Después de unos segundos, salió de la cama jurando entre dientes y fue hacia la puerta de su habitación, entonces lo pensó mejor y sacó antes unos pantalones vaqueros de un cajón. Odiaba tener invitados. Odiaba que su rutina se interrumpiese. Pero era mejor tener a Tabby que a una esposa de verdad, se recordó satisfecho.

Abrió la puerta de la habitación de Amber y vio a la niña en la cuna, moviendo furiosamente brazos y piernas y llorando con tanta fuerza que podría haber despertado a un muerto. Aunque, al parecer, no había despertado a su futura madre adoptiva. Ash se acercó a la cuna con gesto de disgusto y la niña se sentó y lo miró expectante, hasta levantó los brazos como si esperase que la sacase de allí.

–No llores más –le dijo Ash con firmeza–. No me gustan los llantos.

La niña bajó los brazos e hizo un puchero mientras sus ojos marrones lo estudiaban.

–Llorar no sirve de nada –le explicó Ash.

Ella dejó escapar otro sollozo. Parecía tan triste y sola que Ash tuvo que contener un suspiro.

–¿No vas a tomarla en brazos? Necesita que la calmen –murmuró Tabby desde la puerta.

Había estado observando la escena y se sentía enfadada consigo misma por haber devorado a Acheron con la mirada. Su torso era perfecto.

–¿Por qué iba a hacerlo? –inquirió él, arqueando una ceja y fijándose en que iba vestida con un camisón claro que revelaba más de lo que ocultaba.

No pudo evitar fijarse en los pezones rosados y en la sombra que había entre sus muslos y su cuerpo reaccionó al instante.

–Porque si esperas que nuestra solicitud de adopción sea aceptada, tendrás que ser capaz de tener a Amber en brazos.

–Lo haré si la situación lo requiere, pero no creo que sea buena idea sacarla de la cuna a estas horas de la noche. Son las dos de la mañana, por si no te has dado cuenta.

Amber sollozó de nuevo y Tabby se acercó a la cuna, la sacó de ella y la puso en brazos de Ash.

–Si tiene una pesadilla necesita que la reconforten. Necesita saber que hay alguien con ella y que la acunen para tranquilizarse.

–¿Acunarla? –susurró él con incredulidad–. ¿De verdad esperas que haga eso?

Capítulo 4

TABBY arrancó a Amber de los tensos brazos de Acheron y la abrazó.

–El contacto es importante –dijo, dándole a la niña un beso en la frente.

–Tampoco pienso darle besos –añadió él.

–En ese caso, tócale el pelo o la espalda para que se sienta segura –le aconsejó ella–. Y deja de mostrar tanta resistencia ante mis sugerencias.

–¿Qué quieres que haga? –preguntó él–. No se me dan bien los niños. Y no tengo experiencia en ese tipo de cariño.

–Nunca es tarde para aprender –le respondió Tabby, volviendo a dejar a la niña en sus brazos–. Abrázala, acaríciala. Y, por favor, no me digas que no tienes experiencia en acariciar mujeres.

–No las acaricio, tengo sexo con ellas. ¡Y no deberíamos tener esta conversación delante de una niña! –comentó Acheron exasperado.

Amber se dio cuenta de que estaba molesto y gimoteó. Él empezó a frotarle la espalda con movimientos incómodos.

–Acércatela más –le dijo Tabby, colocándole a la niña en la curva del hombro–. No va a morderte.

Acheron no recordaba haberse sentido nunca tan tenso o incómodo. Sabía lo que tenía que hacer, pero no quería hacerlo. Entonces pensó que DT Industries sería completamente suya después de la boda y se acercó a la niña. El sacrificio merecía la pena.

—Ahora, habla con ella —le sugirió Tabby.

—¿De qué? —inquirió él muy serio, quedándose inmóvil al notar que la niña se acurrucaba contra él y se agarraba a su hombro.

—De lo que quieras. A esta edad, da igual. Lo que importa es el sonido y el tono de tu voz —le explicó ella.

Acheron cantó entre dientes una nana griega.

—Tal vez se relaje un poco si andas con ella por la habitación.

Acheron apretó los dientes y empezó a contarle a la niña en griego lo que pensaba de Tabby. Amber lo miró con candidez y a él le sorprendió que fuese capaz de confiar en un completo extraño. Si el bebé podía intentarlo, él también, por mucho que le molestase tener que seguir los consejos de Tabby. Empezó a acariciar la espalda de la niña y notó cómo esta apoyaba la cabeza en su hombro.

—Acuéstala —murmuró Tabby—. Va a volver a dormirse.

—Y aquí termina la primera lección —dijo él en tono de burla, dejando a Amber en su cuna y volviéndola a tapar.

Aunque no estaba mirando a la niña mientras lo hacía, sino a Tabby, cuyo camisón se transparentaba al trasluz de la lámpara del pasillo.

Cuando terminó de recorrerla con la mirada, estaba completamente excitado.

–Deberías taparte un poco cuando estés cerca de mí –comentó–. ¿O es que pretendes seducirme?

Tabby abrió mucho los ojos y tropezó antes de fulminarlo con la mirada.

–¿Te crees irresistible, o qué?

Acheron fue también hacia la puerta.

–No te hagas la inocente. Los hombres somos bastante predecibles cuando se nos enseña tanta carne.

–Yo no enseño nada –replicó ella enfadada, cruzándose de brazos–. Además, cuando he venido no tenía ni idea de que ya estabas tú aquí.

Acheron la agarró de la muñeca y la sacó al pasillo antes de cerrar la puerta detrás de él.

–Me gusta lo que veo.

–Pero yo no me estoy exhibiendo.

–¿No?

Acheron inclinó la cabeza y le mordisqueó la comisura de los deliciosos labios, invadiéndola con la lengua en cuanto los separó. Sin más preámbulos, la apretó contra su cuerpo, agarrándola primero por la espalda y llevando después las manos a la curva de sus pechos.

Fue un beso irresistible. Tabby luchó consigo misma para parar. Un segundo más, solo uno más.

–No –le dijo con voz temblorosa.

–¿No? –preguntó él mirándola con los ojos brillantes.

Y a ella se le secó la boca porque quería otro beso, quería sentirse salvaje otra vez, quería más con un ansia que la aterraba. Él la empujó de la espalda para apretarla contra su cuerpo y que notase una erección que sus vaqueros no podían ocultar.

–Podríamos divertirnos una hora o dos.

–¿Tan fácil piensas que soy? –preguntó ella con indignación.

Él frunció el ceño.

–No suelo juzgar a las mujeres. No soy machista. Me gusta el sexo. Y apuesto a que a ti también.

–Te equivocas –respondió ella, acalorada.

–Si no le gusta el sexo es que todavía no has estado con el hombre adecuado –le aseguró él con voz aterciopelada, pasando un dedo por su labio inferior y bajando después por el cuello.

Ella se estremeció.

–Veo que eres un genio de la persuasión –comentó, retrocediendo–, pero conmigo pierdes el tiempo. A pesar de que soy virgen, sé que los hombres sois capaces de decir cualquier cosa con tal de llevarse a una mujer a la cama.

–¿Virgen? –repitió Ash sorprendido–. ¿En serio? ¿No será una treta para atraparme?

Tabby sacudió la cabeza y después dejó escapar una carcajada.

–No es posible que sospeches tanto de las mujeres. No pretendo atraparte. De hecho, me parece que no sería buena idea que nos implicáramos tanto.

–Yo no estaba pensando en implicarme... sino en sexo –respondió él–. Sería un simple intercambio de placer.

Tabby se dio cuenta de que Acheron sentía fobia por el compromiso. No quería que ella malinterpretase lo que le ofrecía: un intercambio de placer físico, nada más.

—Buenas noches —le dijo, dándose la vuelta.

—¿De verdad... eres virgen? —le preguntó él.

—De verdad —respondió ella, girando la cabeza.

Acheron frunció el ceño y la miró fijamente, con curiosidad y fascinación.

—¿Por qué?

—Porque nunca he querido dejar de serlo.

«Hasta ahora», le dijo una vocecilla en su interior. Porque nunca había deseado a nadie tanto en toda su vida.

—Pues conmigo querías, *hara mou*... —murmuró Acheron con certeza mientras ella se alejaba.

Tabby supo que lo mejor era no contestar, pero no pudo evitarlo, sucumbió a la tentación de murmurar suavemente:

—Pero, como es obvio, no lo suficiente.

Acheron volvió a su habitación, a darse una ducha fría, pensando que a lo mejor otros hombres habrían considerado aquello un reto, pero él no, porque la lógica siempre gobernaba sobre su libido. Todo se complicaría si se acostaba con ella, y odiaba las complicaciones.

Se recordó a sí mismo las consecuencias de su último encuentro temerario y se dijo que había sido todavía peor que el hecho de que Tabby siguiese siendo virgen. Le resultaba difícil de creer, pero no había motivos para que le mintiese. Una mujer que seguía siendo virgen con veinticinco años debía de tener muchas expectativas de su primer amante, si no, ¿por qué había esperado tanto? Él no sería ese hombre, jamás encajaría ahí ni aceptaría las exigencias de Tabby. A partir de entonces, guardaría las distancias...

Tabby contuvo un bostezo y dejó a Amber en la alfombra que había a sus pies. Hasta el momento, había sido una mañana muy aburrida. El abogado de Acheron, Stevos, había ido a llevarle un montón de documentos que ella había rellenado y en esos momentos le estaba explicando el contenido del acuerdo prenupcial. Como era natural, Acheron quería proteger su riqueza y tratar las condiciones del divorcio incluso antes de la boda. Eso la habría deprimido si hubiese estado enamorada de él, pero no estándolo, no le importaba lo más mínimo.

–No necesito esa cantidad de dinero para vivir después del divorcio –protestó–. Sé vivir con poco y con un cuarto de esa cantidad tendría más que suficiente.

–Deberías intentar conseguir el máximo posible –comentó Acheron desde la ventana–. Firma el contrato y olvídate de lo demás. Cuando hayas vivido un tiempo en mi mundo cambiarán tus gustos y querrás más.

Tabby lo miró con resentimiento.

–Lo único que quiero es a Amber. No voy a convertirme en una mujer codiciosa y manipuladora de la noche a la mañana.

–Lo único que quiere el señor Dimitrakos es que la niña y usted tengan un futuro cómodo y seguro –intervino el abogado en tono conciliador.

–No, lo que quiere el señor Dimitrakos es comprar mi lealtad y eso no está a la venta –replicó ella–. Agradezco mucho lo que está haciendo para que Amber pueda seguir conmigo y lo último que haré será aprovecharme de su generosidad. Por favor, acepte eso.

–Firma –insistió Acheron con impaciencia–. Ya he perdido suficiente tiempo esta mañana.

–No olvides estar presente en la visita de la trabajadora social de esta tarde –le recordó Stevos.

Tabby firmó el primer documento y el abogado le puso otro delante.

–Es un acuerdo de confidencialidad estándar que le prohíbe hablar de los términos de este matrimonio fuera de este despacho.

–Lo que quiere decir es que esta farsa tiene que mantenerse en secreto.

Tabby contuvo un suspiro y firmó. Luego miró a Acheron, que le estaba hablando en griego a su abogado. Llevaba un traje gris oscuro con una raya diplomática muy fina, una camisa violeta y estaba... increíble. Parecía recién salido de una revista. Elegante, sofisticado y arrebatadoramente guapo. Ella se dijo que mirar no hacía daño. Era como un bonito cuadro que podía mirar sin tener que poseerlo, sobre todo porque tenía la sensación de que Acheron Dimitrakos era un hombre difícil de poseer.

Habían compartido la mesa del desayuno unas horas antes, en el salón, pero eso era literalmente lo único que habían compartido. Él había leído el periódico mientras ella atendía a Amber y se comía una tostada intentando hacer el menor ruido posible. No había sido una situación cómoda ni agradable y Tabby había decidido que, a partir de entonces, comería en la cocina.

—Una de mis secretarias va a llevarte a comprar un vestido de novia –le dijo Acheron mientras Tabby se inclinaba para tomar a Amber en brazos antes de que le agarrase los cordones de los zapatos–. Y tendremos que contratar a una niñera para que cuide de Amber cuando nosotros estemos ocupados.

—No quiero vestido de novia... ni niñera.

—¿Te he pedido tu opinión?

—No, pero te la doy, es gratis.

—El vestido de novia no es negociable.

—¡Contigo nada es negociable!

A Acheron le brillaron los ojos.

—Si te esforzases un poco más en complacerme, tal vez te sorprendería –murmuró con voz ronca.

Estaba pensando en el sexo otra vez, Tabby estaba segura. Sintió calor en el rostro.

—Si te soy sincera, no quiero malgastar un vestido de novia en una boda que es mentira. No me parece bien –le explicó–. Quiero reservarme el vestido de novia para el día que me case de verdad.

—Pues es una pena –respondió él acercándose más–. Porque tal vez esta boda sea una farsa, pero tiene que parecer real, y son pocas las mujeres que deciden casarse sin vestido de novia.

Amber alargó los brazos hacia él y sonrió.

—Abrázala –le dijo Tabby, dejando que la niña fuese hacia él–. Tienes que practicar. Al igual que yo tengo que resultar convincente en la boda, tú tienes que resultar convincente como futuro padre adoptivo.

Amber tiró de la corbata de seda de Acheron y este sonrió de repente, sorprendiendo al resto de los presentes.

—Lo único que quiere Amber es atención y hacer lo que le divierte en cada momento.

—Las necesidades de un bebé son muy sencillas —dijo Tabby, intentando no reaccionar ante su carismática sonrisa, que hacía que a ella también le entrasen ganas de sonreír.

Solo con mirarlo se sintió aturdida y notó que se le hacía un nudo en el estómago.

—¿Y la niñera?

—Será necesaria cuando tengas que hacer otras cosas —le dijo Acheron—. Sé práctica.

Tabby respiró hondo, no quería discutir con él a tan solo un par de horas de la entrevista con los servicios sociales. Volvió a tomar a Amber en brazos y la sentó en su sillita mientras la pequeña protestaba.

—Sabe lo que quiere —comentó Acheron—. Tendrás que ser firme con ella cuando crezca.

—Evidentemente.

—Y tal vez no te sea tan fácil vestirte de novia de verdad teniendo una hija —añadió con frialdad—. Yo no salgo nunca con madres solteras.

—Dime algo que me sorprenda —replicó Tabby—. Eres demasiado egoísta y estás demasiado preocupado por tu propia comodidad.

—Solo respeto mis propios límites.

—Tonterías. No soportas pensar en las necesidades de otra persona antes que en las tuyas —añadió Tabby.

–¿Y qué estoy haciendo al casarme contigo? –inquirió él.

–Estás intentando reparar el error que cometiste hace un par de meses cuando te negaste a ser el tutor de Amber porque eso te hace sentirte mejor y te hace pensar que eres un tipo estupendo.

Stevos los miró sorprendido y Tabby le quitó el freno a la sillita y salió por la puerta con la cara colorada.

La secretaria de Acheron, Sharma, la saludó en el siguiente despacho y la llevó hasta una limusina para acompañarla a comprar el vestido. A Tabby le sorprendió ver que iban a una moderna tienda de vestidos de novia en vez de a los grandes almacenes, pero supuso que con tan poco tiempo, allí sería más fácil encontrar el vestido adecuado. Mientras Sharma jugó con Amber ella se probó vestidos y al final eligió el más sencillo y los accesorios que el propietario de la tienda le había sugerido. Después de aquello llamó a Jack para contarle que iba a casarse y para invitarle a la ceremonia civil que tendría lugar al día siguiente.

–¿Es una broma? –le preguntó Jack.

–No. Es muy repentino, pero sé muy bien lo que estoy haciendo. Acheron quiere adoptar a Amber conmigo.

–Lo has mantenido muy en secreto. ¿Desde cuándo salís juntos? –le preguntó su amigo.

–Hace un tiempo. No sabía que la cosa iba tan en serio, si no, te lo habría contado antes –mintió Tabby, deseando poder decirle la verdad.

–Eso solucionará todos tus problemas –admitió

Jack satisfecho—. Estaba muy preocupado por Amber y por ti.

Acheron llegó justo a tiempo para la entrevista con la trabajadora social y resultó ser todo un experto en tergiversar la verdad, haciendo que pareciese que se conocían desde hacía mucho tiempo. A la señora le impresionaron tanto Acheron como su apartamento e hizo pocas preguntas complicadas.

Una hora después, Tabby le estaba dando la cena a Amber y tomando también ella algo cuando Acheron apareció en la puerta de la cocina con expresión enfadada. Tomó la trona de Amber y se la llevó con él.

—¿Qué estás haciendo? —le gritó Tabby, echando a correr tras de él.

Acheron dejó la silla en el salón, delante de la mesa.

—Vamos a comer juntos. No quiero que comas en la cocina, como si fueses mi empleada. Si no, no pareceremos una pareja de verdad.

—¡A tus empleados les da igual dónde comamos! —replicó ella.

—Tienes que guardar más las apariencias —le advirtió Acheron—. Cualquiera de mis empleados podría ir a la prensa diciendo que no somos una pareja de verdad.

Tabby se quedó inmóvil al oír aquello.

—No lo había pensado. ¿No puedes confiar en todos ellos?

–En casi todos, pero siempre hay alguna manzana podrida –respondió él en tono cínico.

Tabby asintió y volvió a la cocina por su plato. Acheron lo tenía todo controlado y ella pensó que tal vez lo hubiesen traicionado antes. Debía de ser por eso por lo que esperaba siempre lo peor de todo el mundo.

–¿Por qué estabas comiendo en la cocina? –le preguntó él cuando se sentó a la mesa.

–Porque sé que te gusta tener tu espacio –respondió ella enseguida.

–No te sientes cómoda comiendo conmigo. Me di cuenta la primera noche, en el restaurante –comentó Acheron, mirándola fijamente y viendo cómo se ruborizaba–. Tendrás que superarlo.

–Sí, pero la primera noche fue muy difícil –admitió ella a regañadientes–. Ni siquiera podía leer la carta porque casi no sé francés. Y no sabía qué cubiertos utilizar.

Acheron sintió una punzada de remordimiento. No se le había ocurrido que Tabby pudiese sentirse incómoda en su restaurante favorito.

–Los cubiertos no son importantes, *hara mou*...

–Créeme, lo son cuando no sabes cuál utilizar.

–La próxima vez, pregunta –le dijo él–. Yo no me doy cuenta de esas cosas si no me lo dices. Por cierto, Sharma ha contratado a la niñera de la otra noche. Y yo he conseguido ya un permiso para que podamos llevarnos a Amber al extranjero.

–¿Al extranjero? –repitió ella–. ¿Qué quieres decir?

–Iremos a Italia después de la boda. Tengo una

casa allí. Será más fácil fingir que somos dos felices recién casados si no estamos rodeados de gente conocida –le explicó Acheron con irreprochable pragmatismo.

Tabby se despertó temprano al día siguiente. Al fin y al cabo, era el día de su boda, aunque no se pareciese en nada al día especial con el que había soñado. Para empezar, Sonia no sería su testigo, tal y como siempre habían imaginado ambas, y Tabby notó que se le llenaban los ojos de lágrimas porque en ocasiones tenía la sensación de que no superaría jamás el dolor de su pérdida. Se recordó que todavía tenía a Jack, pero este era un hombre de pocas palabras y a su novia, Emma, no le gustaba su amistad con Tabby. Por eso tenía poco contacto con él. Suspiró y salió de la cama para ir a atender a Amber y a vestirse.

La niñera, Melinda, estaba en el dormitorio de Amber. Tabby se había olvidado de la niñera y de que ya no era ella la única que cuidaba de la niña, que ya estaba bañada, vestida y desayunada. Se sintió mal porque le gustaba disfrutar de Amber en esa primera y tranquila comida del día, pero la hija de Sonia la saludó con el mismo cariño y la misma alegría de siempre y Tabby enterró la nariz en su pelo y respiró hondo mientras se recordaba a sí misma por qué iba a casarse con Acheron. Por Amber merecía la pena casi cualquier sacrificio.

La ceremonia iba a tener lugar en un hotel ubicado en un castillo y a Tabby le sorprendía que se hubiesen podido organizar tantas cosas en tan poco tiempo. Entonces se acordó de que Acheron era rico y se reprendió a sí misma por ser tan ingenua.

Sharma había contratado una peluquera y una maquilladora para que fuesen al apartamento y Tabby tuvo la esperanza de que fuesen capaces de darle al menos un poco de esa sofisticación que solían tener las acompañantes de Acheron. Después se preguntó si acaso le importaba la opinión de este. ¿Sería sencillamente una cuestión de orgullo?

Sharma la ayudó a vestirse mientras la estilista le colocaba el velo corto que iba prendido a la corona de flores frescas que Tabby llevaba en el pelo.

—Con estas flores en el pelo pareces la reina del verano... —comentó Sharma entusiasmada—. El señor Dimitrakos se va a quedar impresionado.

Tabby se dio cuenta entonces de que estaba con alguien que pensaba que iba a asistir a una boda de verdad y se sintió incómoda.

—Es tan romántico, que el jefe quiera casarse tan de repente —continuó Sharma—. Yo pensaba que era... frío, sin ánimo de ofender, y cuando lo vi con la niña me di cuenta de lo equivocada que estaba. Aunque, por supuesto, la paternidad cambia a los hombres...

Tabby se dio cuenta de que Sharma pensaba que Acheron era el padre de Amber y decidió corregirla.

—Lo cierto es que Amber es hija de mi mejor amiga y de un primo de Acheron, ambos fallecidos —le explicó.

Acheron paseó de un lado a otro mientras esperaba a que llegase el coche nupcial. Estaba muy

tenso. Tal vez aquello fuese una farsa, pero la llegada de su madrastra, Ianthe, junto con dos de sus
hijos y varios amigos hacía que tuviese la sensación
de que era una boda muy real. Por desgracia, una
boda sin invitados no habría resultado muy convincente. Y al menos la mujer cuya presencia le habría
resultado más incómoda no iba a asistir. Desde la
ventana vio la llegada de la limusina adornada con
lazos blancos.

Tabby salió de ella elegantemente vestida de
blanco, con los hombros desnudos y el velo y la deliciosa melena rubia flotando al viento. Acheron
apretó los labios todavía más. Parecía frágil y deli-
cada como una muñeca y la respuesta de su cuerpo
al verla lo exasperó. Estaba tan espectacular que
Acheron casi ni vio a la niñera, que acababa de entrar con Amber, que también iba vestida de fiesta,
con un vestido rosa y una cinta en el pelo del mismo
color.

Hicieron entrar a Tabby directa al salón de cere-
monias, donde ya sonaba la música. Esta recorrió el
salón con aprensión y su mirada fue a detenerse en
Acheron, que también la estaba mirando. Era tan
imponente y guapo que Tabby notó como todo su
cuerpo se tensaba. Con piernas temblorosas, avanzó
por el corto pasillo que los separaba y se detuvo a
su lado. La breve ceremonia empezó y ella intentó
recordarse que era peligroso que Acheron le pareciese atractivo y que no podía poner en riesgo el futuro de Amber.

Él le colocó la alianza y ella lo imitó. Después,
Acheron le sujetó la mano a pesar de que ella in-

tentó apartarla y, de repente, estaban rodeados de personas que les daban la enhorabuena.

La madrastra de Acheron era una mujer rubia y llamativa, con voz aguda y que iba acompañada de su hijo y su hija. Ambos parecían admirar a Acheron, lo que hizo que Tabby pensase que este no había formado parte realmente de la familia de su padre. Jack había ido con su novia, Emma, que estaba más simpática de lo que Tabby la había visto nunca. Cuando terminó de hablar con su amigo, se giró y se dio cuenta de que Acheron la estaba observando.

–¿Quién es?

–Un viejo amigo, además de la única persona a la que he invitado –dijo ella, poniéndose a la defensiva.

–¿Qué le has contado? –inquirió Acheron muy serio.

–Nada –respondió Tabby–. Piensa que todo esto es real.

Estaban empezando a brindar cuando, de repente, entró en la habitación una mujer castaña, alta y curvilínea, que se acercó a ellos con paso decidido y miró con indignación a la madrastra de Acheron, Ianthe.

–¿Madre, cómo puedes formar parte de esta farsa, sabiendo que va en contra de mis intereses? –preguntó en voz alta–. ¡Yo tenía que haber sido la novia en esta boda!

–Aquí no, Kasma –le dijo su hermano, Simeon–. Hemos venido a celebrar la boda de Ash y no creo que quieras estropearla montando una escena.

–¿No? –replicó Kasma furiosa.

Tabby se fijó en que era una mujer muy bella, con un cuerpo increíble, un rostro perfecto y una larga melena oscura.

–Dime, Acheron, ¿qué tiene ella que no tenga yo? –inquirió en tono acusatorio.

Amber estaba empezando a llorar y Tabby aprovechó la oportunidad para acercarse a Melinda, la niñera, que estaba al fondo de la habitación. Al fin y al cabo, ella no tenía nada que ver con ninguna rencilla familiar ni con ninguna examante despechada. Se preguntó si Acheron habría tenido una aventura con su hermanastra. Estaba empezando a entender por qué este le había dicho el primer día, en su despacho, que no tenía familia. La familia de su difunto padre lo trataba como si fuese un extraño. Era evidente que nunca había vivido con ellos, y Tabby se preguntó con quién lo habría hecho, porque creía recordar que había oído que su madre había fallecido joven.

Tabby se fue a cambiarle el pañal a Amber con la esperanza de que, cuando volviera, la histriónica Kasma hubiese desaparecido y todos pudiesen sentarse a comer tranquilos.

Pero no tuvo tanta suerte. Acababa de tumbar a Amber en el cambiador cuando se abrió la puerta y entró Kasma.

–¿Es hija de Ash? –preguntó sin más.

Tabby cambió a Amber, que no dejaba de moverse porque quería ver a la recién llegada.

–No.

–Eso pensaba. Ash nunca ha sido de los que quieren hijos.

Tabby se puso recta y miró a la niña.

–Mire, no la conozco y estoy ocupada...

–¿Sabes por qué se ha casado contigo, no? –continuó la otra mujer–. Yo tenía que haber sido su esposa. Nadie lo entiende como yo. Por desgracia para los tres, es demasiado testarudo y orgulloso para permitir que le obliguen a hacer algo que tenía que haber hecho hace mucho tiempo.

–No sé de qué habla –le respondió Tabby, sintiéndose incómoda–. Ni me interesa.

–¿Cómo puedes decir eso, sabiendo que casándote con Ash le estás haciendo ganar una fortuna? –preguntó Kasma con resentimiento–. Según el testamento de su padre, si seguía soltero a final de año mi familia se quedaría con la mitad de su empresa. Todo el mundo sabe que Ash estaría dispuesto a hacer cualquier cosa por su empresa, incluso casarse con una don nadie.

Capítulo 5

TABBY no pudo dejar de pensar en las palabras de Kasma durante el vuelo a Italia. Después de que la otra mujer se marchase, habían comido tranquilamente, pero ella no había tenido la oportunidad de hablar con Acheron en privado. Había querido sacar el tema en el avión, pero Melinda estaba cuidando de Amber y eso hacía que no pudiese hablar libremente.

¿Era posible que Acheron hubiese tenido un motivo egoísta para casarse con ella y no se lo hubiese dicho? Le parecía factible, teniendo en cuenta que unos meses antes se había negado a responsabilizarse de la niña. ¿Por qué no había sospechado más de su repentino cambio de opinión? Se sentía como una tonta, traicionada. Se preguntó cuáles serían los términos del testamento de su padre y cómo era posible que pudiese perder la mitad de una empresa que le pertenecía. Y si todo eso era cierto, ¿por qué no le había contado la verdad?

La respuesta a esa pregunta solo podía ser que había querido mantener el poder, se dijo Tabby cada vez más enfadada. Si ella pensaba que Acheron le estaba haciendo un favor por el bien de Amber, estaría dispuesta a complacerlo en todo porque le estaría agradecida y creería que él estaba haciendo un enorme sacrificio. Pero ¿y si eso no era así? ¿Y si Acheron Dimitrakos había necesitado una esposa tanto como ella necesitaba ayuda para conseguir adoptar a Amber? Eso lo cambiaba todo y los situaba a un mismo nivel, pero Acheron no estaba preparado para tratarla como a una igual. Él prefería exigir y mandar en vez de persuadir y hacer concesiones. No obstante, si Kasma había dicho la verdad, se le había acabado el chollo...

–Estás muy callada –comentó Acheron en el coche que los llevaba por la campiña toscana.

Tabby se había quitado el vestido de novia antes de marcharse de Londres y él se había quedado extrañamente decepcionado al verla con el vestido violeta que había escogido para ella en Londres. Era de manga larga y demasiado abrigado para el clima cálido de Italia, y Tabby tenía el rostro enrojecido a pesar del aire acondicionado. El color, sin embargo, realzaba sus ojos y, de alguna manera, acentuaba la generosidad de sus labios rosados.

Acheron respiró despacio, profundamente, bajó la vista y esta se posó en una delgada y pálida rodilla, y él no pudo evitar preguntarse si aquella piel sería tan suave como parecía. Apretó los dientes y maldijo a su libido. Nunca se le había pasado por la mente hasta entonces que pudiese sufrir frustración sexual, pero ese tenía que ser el único motivo por el que Tabby le resultaba atractiva.

–Estoy disfrutando de las vistas –respondió ella.

Estaba tan enfadada que tuvo que morderse el labio inferior para no ponerse a discutir con él dentro del coche.

—¿Adónde vamos exactamente?

—A una casa en las montañas. Como casi todas mis propiedades, pertenecía a mi madre, pero la reformé el año pasado.

A pesar del enfado, Tabby sintió curiosidad.

—Tu madre murió cuando eras niño, ¿verdad?

El rostro moreno de Ash se endureció.

—Sí.

—Yo también perdí a mis padres de niña —le contó Tabby—. Fui a un hogar de acogida. Allí conocí a Jack y a Sonia, la madre de Amber.

—No sabía que hubieses estado en un hogar de acogida —respondió Acheron, consciente de que, al contrario que él, Tabby no había tenido el dinero necesario para salir de aquel tipo de vida.

—Bueno... —respondió ella incómoda, chocando con su mirada oscura y teniendo la sensación de que caía en un abismo—. No fueron los años más felices de mi vida, pero también hubo momentos buenos. El último lugar en el que estuve fue el mejor y al menos estuvimos los tres juntos.

Al parecer, aquel era el final de la conversación, porque Acheron apretó los labios y guardó silencio mientras Tabby intentaba luchar contra aquella extraña sensación de aturdimiento y centrarse en su enfado. Acheron Dimitrakos era un hombre impresionante y capaz de afectar a sus hormonas, pero también era un mentiroso y un manipulador. Además, Tabby se había dado cuenta de que en realidad no quería saber nada de su pasado, ni de quién era realmente como persona. Lo más probable era que solo hubiese pensado en ella como en alguien a quien podía utilizar.

El coche tomó una curva y subió por una pendiente hasta una casa de piedra color ocre situada en lo más alto de la colina. Tabby tuvo que morderse el labio inferior para que no se le abriese la boca al ver semejante palacio. Ante la casa se extendía una zona pavimentada en cuyo centro había una fuente redonda y adornada con enormes macetas de flores. Salió del coche al sol del atardecer y vio moverse un arbusto, del que salió un pavo blanco que desplegó sus impolutas plumas. La luz hizo brillar aquel magnífico abanico plateado mientras el pavo posaba con la cabeza bien alta y una pata levantada. Su confianza era absoluta a pesar de tener compañía.

—Me recuerdas a ese pájaro —murmuró Tabby mientras el coche en el que viajaban Amber, la niñera y los guardaespaldas se detenía a su lado.

Acheron arqueó una ceja.

Avergonzada, ella se encogió de hombros.

—Da igual. ¿Podemos hablar un minuto a solas? —le preguntó por fin.

—Por supuesto —respondió Acheron sin inmutarse.

Tabby se acercó adonde estaba Amber para hablar con la niñera. La pequeña estaba profundamente dormida y lo que necesitaba después de un día agotador era claramente un último biberón e irse a la cama.

El salón principal era increíble. Los suelos de mármol brillaban bajo varios arcos que separaban distintas zonas de recepción. Tabby nunca había visto tantos tonos de blanco distintos ni nada tan poco práctico para un niño, pero no se quedarían allí mucho tiempo y Amber todavía no andaba sola, así que las mesitas de cristal y las numerosas figuras que descansaban sobre estilosos pedestales no tendrían ningún peligro para ella.

–Impresionante –comentó mientras Melinda subía la escalera de mármol y hierro forjado detrás del ama de llaves.

–Tengo que hacer un par de llamadas –le informó Acheron, dándose la vuelta para marcharse.

–Tenemos que hablar.

A lo largo de los años, Ash había oído aquella frase muchas veces. Una frase seguida a menudo de escenas dramáticas y peticiones de atención que le habían resultado horrendas. Se puso tenso solo de pensarlo.

–Ahora, no... Luego.

–Ahora –insistió Tabby sin dudarlo.

No iba a permitir que Acheron la tratase como si no fuese nadie, tal y como había dicho Kasma. Si permitía que se comportase con ella como un ser superior, al final terminaría por creer que realmente lo era.

–¿Qué ocurre? –preguntó Ash en tono frío.

Tabby se dirigió hacia la zona amueblada con elegantes sofás blancos y, una vez allí, se giró hacia él.

–¿Es cierto que para conservar la empresa tu padre te obligó en su testamento a casarte antes de un año?

Él apretó la mandíbula.

–¿De dónde has sacado esa historia? –preguntó entre dientes antes de suspirar–. De Kasma, ¿verdad?

–Entonces, es cierto –dijo ella furiosa–. Me ha dicho la verdad.

–Las condiciones del testamento de mi padre no tienen nada que ver contigo –replicó él, mirándola con dureza.

Pero Tabby no iba a dejarse intimidar.

–¿Cómo te atreves a decir eso? Casarte conmigo te convenía tanto como a mí. ¿No crees que merecía saberlo?

Acheron apretó los blancos dientes en un visible acto de control.

–¿Acaso habría cambiado eso la situación?

–¡Por supuesto que sí! –espetó ella, fulminándolo con la mirada–. Me hiciste creer que me estabas haciendo un favor enorme por el bien de Amber.

–¿Y no fue así? –dijo él, sin molestarse en intentar calmarla.

–¡Deja de ser tan grosero ahora mismo! –añadió Tabby, que no soportaba más tanto cinismo ni tanta superioridad–. Sí, Acheron, es de muy mala educación interrumpir y todavía más mirarme como si fuese un gusano a tus pies. Yo he sido completamente sincera contigo, pero tu abogado y tú me habéis engañado.

Acheron tuvo que hacer un enorme esfuerzo por seguir controlándose.

–¿Te hemos engañado? He hecho lo que te prometí, casarme contigo. Te he ayudado a presentar la solicitud de adopción y he asegurado tu futuro. ¡Muchas mujeres matarían por la mitad de lo que te estoy dando!

Tabby cerró los puños. Lo que más le apetecía en esos momentos era pegarle.

–Eres tan arrogante y odioso que me entran ganas de golpearte. ¡Y eso que no soy una persona violenta! –le aclaró–. ¿De verdad no entiendes por qué estoy enfadada? He sido sincera contigo y creo que merezco el mismo respeto por tu parte.

Sus sensuales labios esbozaron una sonrisa.

–A mí no me parece que esto sea respeto.

–¿Así es como te enfrentas tú normalmente a una discusión?

–Normalmente no discuto –respondió Acheron.

–Será porque todo el mundo intenta complacerte y alagarte, ¡no porque estén de acuerdo contigo! –replicó ella–. Para alguien tan agresivo como tú, estás evitando el tema y negándote a responder a mi comprensible indignación.

–No quiero seguir con esta conversación y no pienso que tengas motivos para sentirte indignada –le contestó él–. No suelo confiar en nadie. Soy una persona reservada y, sin duda, considero que el testamento de mi padre es algo confidencial.

–Tendría derecho a saber que no tenía por qué estarte tan agradecida, y que no tenía por qué acceder a todas tus demandas, porque este matrimonio era todavía más beneficioso para ti que para mí –le dijo ella, negándose a retroceder–. ¡Has utilizado mi ignorancia como un arma contra mí!

–El testamento era solo asunto mío y no tenía ningún interés para ti –le respondió Acheron.

–No digas tonterías. Por supuesto que tenía interés para mí. ¡Necesitabas casarte tanto como yo! Y eso nos sitúa a un mismo nivel en el terreno de juego.

–En lo que a mí respecta, no hay ningún terreno

de juego porque esto no es un juego –replicó él enfadado–. Me he casado contigo y ahora eres mi esposa, y estás intentando aprovecharte de la situación.

Los ojos violetas de Tabby se abrieron desmesuradamente y esta puso los brazos en jarras. Ash pensó que parecía una verdulera dispuesta a meterse en una pelea y no supo si eso le divertía o lo exasperaba.

–¿Aprovecharme? ¿Cómo me estoy aprovechando? ¿Enfrentándome a ti? ¿Atreviéndome a darte mi versión de los hechos? –bramó ella.

Acheron se acercó y la levantó en volandas.

–No tienes ninguna versión de los hechos, *moraki mou...*

Indignada con su comportamiento, Tabby lo fulminó con la mirada.

–Si no me dejas en el suelo, ¡te pegaré!

Como respuesta, Acheron la apretó contra su cuerpo.

–Ni me vas a pegar, ni me vas a hablar mal.

–¿Quién lo dice? –replicó ella entre dientes.

–Tu marido –respondió él, frunciendo el ceño como si acabase de darse cuenta de que realmente lo era.

Tabby estaba furiosa.

–¡No eres mi marido!

Acheron la miró divertido y su rostro cambió de tal manera que Tabby pensó que estaba todavía más guapo.

–Entonces, ¿qué soy?

–¡Un cerdo con un certificado de matrimonio! –le informó ella.

–Tu cerdo, porque estás casada conmigo.

–¡Suéltame! ¡O te arrepentirás!

–No, prefiero tenerte así que oírte gritar desde el otro lado de la habitación.

–¡No te he gritado!

–Me has gritado –la contradijo él–. Así es como arreglo yo las diferencias.

–¡Me da igual cómo arregles las diferencias! –espetó Tabby.

Y Acheron se sintió atraído por sus brillantes ojos y por aquellos labios tan increíblemente suculentos. No lo entendía, y no le importaba, no necesitaba entenderlo, pero sin hacerlo por voluntad propia, la besó y disfrutó de sus labios, que eran tan ricos y sabrosos como unas fresas en un día de verano.

–No... No –intentó protestar Tabby, pero sus palabras se vieron acalladas por el apasionado beso.

Nunca antes la habían besado de aquella manera, con la misma pasión que sentía ella misma cada vez que estaba con él.

Aturdida, pensó que Acheron era un hombre muy, muy atractivo, como si aquello fuese una excusa. Él la soltó y Tabby, en vez de utilizar las manos para apartarlo, lo abrazó por el cuello y enterró los dedos en su pelo moreno. Ash gimió y la tumbó en algo suave y blando antes de colocarse encima de ella.

Y a pesar de que Tabby se sintió ligeramente alarmada, se dio cuenta de que le encantaba sentir su cuerpo fuerte y musculoso contra el de ella. De hecho, era tal el deseo que sentía que casi no sabía ni lo que estaba haciendo. Nunca había necesitado tanto algo, nunca nada le había parecido tan emocionante como las hambrientas caricias de los labios y las manos de Acheron. Notó cómo se formaba una tormenta de pasión en su interior, pero entonces oyó un suave grito, el ruido de unos platos y unos pasos que retrocedían.

—Dios mío, ¿qué ha sido eso? —exclamó, apartando la boca de la de él y dándose cuenta de que estaba tumbada en el sofá, debajo de él.

«Debajo de él», repitió su cerebro, sintiendo pánico al mirarlo a los ojos dorados y empujándolo de los hombros con fuerza.

—Vamos a la cama —le dijo Acheron con voz ronca, agarrándola de la mano.

Y ella, enfadada, se maravilló de que pudiese ser tan sencillo para él y se sintió furiosa consigo misma por no haber sido capaz de resistirse. Se sentó en un extremo del sofá, se apartó el pelo de la cara con manos temblorosas y sintió que le ardía el rostro de la vergüenza.

—No... eso lo complicaría todo.

—La cama será más cómoda que el sofá —insistió Ash.

—Te estoy diciendo que no. ¡No vamos a hacer eso! —replicó ella con frustración a pesar de que su cuerpo desease todo lo contrario.

No iba a ser otra más de sus fáciles conquistas.

Acheron se puso cómodo al otro lado del sofá y estiró sus largas piernas y a ella le ardió el rostro todavía más y sintió que se le hacía un nudo en el estómago al ver el bulto de su bragueta.

De repente, Tabby se dio cuenta de por qué seguía siendo virgen. Ningún otro hombre la había atraído lo suficiente como para bajar la guardia y desear tener sexo con él. Sí, sexo, solo sexo y no lo que una mujer sensata desearía tener. Y ella era sensata, ¿o no?

–Me deseas –le dijo Acheron con la respiración todavía acelerada–. Y yo a ti.

–Es extraño, ¿no te parece? Quiero decir, que casi no somos capaces de hablar civilizadamente –dijo ella con voz temblorosa, recordando el momento de pasión que habían compartido y levantándose del sofá para estirarse el vestido.

–Y, aun así, me pones a cien, *hara mou* –murmuró él, incorporándose con una gracia natural.

Tabby giró la cabeza.

–Será mejor que no hablemos de eso. Tú y yo... No sería buena idea. No tenemos nada en común. Me gustaría ver mi habitación –terminó, dirigiéndose con determinación hacia el pasillo.

–Te la enseñaré. Creo que hemos asustado a los criados –comentó él, echándose a reír–. Alguien nos traía un café y nos ha visto.

–Sí, ya imagino lo que han visto –dijo Tabby, deseando cambiar de tema de conversación.

–Bueno, al menos habrá una persona que piensa que somos realmente dos recién casados –respondió Acheron con indiferencia.

–Pero no lo somos –le recordó ella.

–No tienes precisamente una personalidad flexible, ¿verdad?

–Sigo enfadada contigo, Acheron. Te aprovechas de mi ignorancia.

–Soy un macho alfa, programado para ello desde mi nacimiento –respondió él con frialdad–. Lo que no esperaba era que me llamases la atención por ello.

Abrió unas puertas dobles que había al final del pasillo y que daban a un pequeño recibidor con dos puertas.

–Esta es mi habitación –añadió, empujando una de ellas primero, después la otra–. Y esta, la tuya...

Preocupada, Tabby se mordió el labio inferior.

–¿Y tenemos que estar tan cerca?

–No soy sonámbulo –murmuró él con voz sedosa–, pero tú eres bienvenida, si quieres hacerme una visita.

–Eso no va a ocurrir –dijo, entrando en su habitación y descubriendo que tenía baño y un cambiador, abrió uno de los armarios y frunció el ceño–. ¿Se le olvidó llevarse la ropa a tu última novia?

–Eso es tuyo. Lo he encargado para ti –le explicó Acheron–. Aquí vas a necesitar ropa de verano.

Tabby se giró y lo miró con los ojos brillantes.

–No soy una muñeca.

–Pero sabes que estoy deseando desvestirte, *moraki mou*.

Ella volvió a ruborizarse y apretó los labios.

–Te enciendes como una fogata –comentó él en tono divertido mientras iba hacia una puerta que había al otro lado de la habitación y que, evidentemente, comunicaba con la suya.

Tabby pensó en cerrarla con cerrojo y después se dijo que era una tontería, porque, por sorprendente que pareciese, confiaba en él en ese aspecto. Si ella se resistía a su atracción, estaba segura de que él lo haría también y pronto encontraría a alguien más divertido y experimentado que ella. Por desgracia, la idea de que estuviese con otra mujer no le gustaba lo más mínimo, y se reprendió por ello porque sabía que no podía tenerlo todo. O estaban juntos o no lo estaban, no había un término medio.

Acheron se dio una ducha fría. Todavía estaba excitado e intentó recordar la última vez que una mujer lo había rechazado. No la recordaba, y todavía seguía sorprendido con la determinación de Tabby. Hizo una mueca y contuvo las ganas de fantasear con su cuerpo menudo pegado al de él. Si le daba tanta importancia al sexo, era mejor que no se acercase a ella. Para él, no era más que un apetito que tenía que satisfacer con regularidad.

Tabby rebuscó entre la ropa que Acheron le había comprado sin pedirle opinión. Sacó un vestido de algodón largo que parecía fresco y que, sobre todo, tapaba cualquier parte de su cuerpo que pudiese resultar tentadora. Si Acheron guardaba las distancias, ella lo haría también. Se mordió el labio inferior preocupada. Había deseado arrancarle la ropa en aquel sofá y la fuerza del deseo que había sentido por él seguía sorprendiéndola. No obstante, no iba a ocurrir nada más entre ellos, nada. Podía manejar a Acheron. Tal vez fuese rico, muy guapo y muy manipulador, pero ella siempre había sabido cuidar de sí misma.

Alentada por aquella certeza, se cambió y fue a ver dónde estaba la habitación de Amber.

Capítulo 6

ES HORA de que me cuentes algo de ti –dijo Acheron, sentándose en su silla y tomando la copa de vino que tenía delante.

Tabby se sentía incómoda. El enorme comedor y la mesa, adornada con flores y elegantes platos para la primera comida que iban a compartir como recién casados le hacía sentirse como la Cenicienta recién llegada al baile y sin príncipe con el que bailar. Acheron se había dado cuenta de que lo observaba antes de utilizar los cubiertos y eso la avergonzó, deseó no haberle confesado nunca su ignorancia.

–¿Qué quieres que te cuente?

Acheron arqueó una ceja.

–Lo básico.

Estaba tan relajado, vestido con unos vaqueros desgastados y una camisa negra con el primer botón desabrochado, que Tabby se puso furiosa. Había pensado que se arreglaría para la cena como, al parecer, hacían los aristócratas que salían en televisión, y lo cierto era que ella había escogido un vestido largo por ese motivo. En su lugar, Acheron se había vestido más informal de lo habitual, aunque estuviese igual de guapo que siempre y ella lo miró a los ojos y no fue capaz de averiguar qué estaba pensando.

–No tengo nada bonito que contar –le respondió.

Él se encogió de hombros, como si eso le diese igual.

Tabby apretó los dientes y puso la espalda tensa.

–Imagino que me concibieron por accidente. Mis padres no estaban casados. Mi madre me dijo en una ocasión que iban a darme en adopción hasta que descubrieron que teniendo un hijo conseguirían una casa mejor y algunas ayudas económicas. Los dos eran drogadictos.

Acheron dejó de estar tan relajado y se sentó hacia delante con el ceño fruncido.

–¿Drogadictos?

–Te advertí que no tenía nada bonito que contar. Solían consumir las drogas más baratas y accesibles. Y no eran padres en el sentido habitual de la palabra. Creo que ni siquiera se gustaban entre ellos, porque se pasaban el día discutiendo. Yo era solo una niña que vivía con ellos –le contó Tabby–. Y que les estorbaba... Porque los niños tienen necesidades y ellos no las cubrían.

Acheron se obligó a apoyar la espalda en la silla, intentando que no se le notase en el rostro lo mucho que le sorprendía lo que Tabby le estaba contando. De hecho, estuvo a punto de decirle que tenían mucho en común, cosa que no tenía precedentes.

–¿Has oído suficiente? –le preguntó ella esperanzada.

–Quiero oírlo todo –la contradijo él, empezando a entender el motivo de su carácter irascible y agresivo.

Desde niña, Tabby había tenido que aprender a luchar para sobrevivir, y él la comprendía bien.

–Cuando iba al colegio, que no era con mucha frecuencia, nunca llevaba la ropa adecuada. Y después mi padre empezó a llevarme con él para que vigilase mientras robaba en casas.

Odiaba estar hablando de todo aquello, pero, de algún modo, necesitaba que Acheron se diese cuenta de que era una época que había superado.

–Los servicios sociales intervinieron cuando a mi padre lo arrestaron, y también porque yo faltaba mucho al colegio y mis padres no eran capaces de cuidar de mí. Y fui a un hogar de acogida.

–Yo también –admitió Acheron muy a su pesar–. Tenía diez años. ¿Y tú?

Tabby lo miró sorprendida.

–¿Tú... estuviste en un hogar de acogida? Pero si tus padres debían de ser riquísimos.

–Lo que no significa que fuesen más responsables que los tuyos –comentó Acheron en tono seco–. El dinero de mi madre no me protegió, créeme, aunque sí que la protegió a ella hasta que murió de sobredosis. Sus abogados la sacaron del país antes de que nadie pudiese acusarla de haberme abandonado.

–¿Y tu padre? –preguntó Tabby, todavía conmovida con la noticia de que Acheron, que parecía tan seguro, rico y protegido pudiese haber vivido en el mismo sistema que ella.

De repente, se sintió culpable por las conjeturas que había hecho.

–Su matrimonio con mi madre duró unos cinco minutos. Cuando esta se aburrió de él le dijo que el hijo que estaba esperando, yo, era de su anterior amante... Y mi padre la creyó –le explicó él en tono monótono–. No podía permitirse enfrentarse a ella en los tribunales. Lo conocí hace solo unos años. Vino a verme a Londres porque un familiar suyo que había visto una fotografía mía en un periódico le había dicho que nos parecíamos mucho.

–¿Y qué hizo tu madre contigo? –le preguntó Tabby antes de dar un sorbo a su vaso de agua.

–Muy poco. Hacer que contratasen a todo un ejército de asistentes que la cuidaban y se ocupaban de que sus excesos no saliesen en los periódicos. También era adicta a las drogas. Cuando dejé de ser un bebé, nadie en concreto se ocupaba de mí, y ella tampoco solía estar en condiciones. Así que me dejaban hacer lo que quería y empecé a tener problemas. Tampoco tenía más familia que pudiese hacerse cargo de mí.

Tabby vio tristeza en sus ojos y alargó la mano sin pensarlo para tocar la suya por encima del mantel.

–Lo siento.

Él levantó la arrogante cabeza morena en un gesto defensivo a pesar de que al mismo tiempo había girado la mano para tomar la de Tabby. Luego miró ambas manos sorprendido, como si no entendiese cómo había ocurrido. Su rostro se enrojeció.

–¿Por qué lo sientes? Imagino que mi experiencia fue más fácil que la tuya. Sufriste maltrato físico, ¿verdad?

Ella se quedó de piedra.

–Sí –susurró.

–Yo solo conocí la violencia física después de entrar en el hogar de acogida. Por entonces era un

chico repulsivo, casi salvaje, y tal vez me lo merecía –añadió Acheron entre dientes.

–Ningún niño merece sufrir –argumentó Tabby.

–Durante dos años, viví un infierno de innume-
rables casas de acogida, hasta que mi madre falleció
y los administradores de su herencia me sacaron de
allí. Pasé el resto de mi niñez en un internado.

A Tabby se le encogió el corazón y se le hizo un
nudo en la garganta al saber que, como ella, Acheron había crecido sin conocer el amor y la seguridad
de un hogar feliz y de unos padres entregados. Se
había equivocado con él y le avergonzaba pensar
que había dado por hecho muchas cosas solo porque
su madre hubiese sido una famosa heredera griega.

–Uno nunca olvida... lo que es sentirse indefenso
y perdido –comentó.

Acheron la miró con los ojos brillantes.

–Se supera –respondió, soltando su mano.

–Sí, pero siempre queda algo.

Apartó también la mano y lo miró a los ojos, descubriendo de repente que había una extraña y nueva
conexión entre ambos. La sensación no fue de estar
cayendo al vacío, sino de estar volando como un pájaro, libre, sin aliento, entusiasmada.

–No si aprendes a controlarte –la contradijo él.

–Háblame del testamento de tu padre –le pidió
Tabby, temiéndose que Acheron volviese a comportarse de manera fría.

–En otra ocasión. Ya hemos hablado de suficien-
tes temas personales por esta noche –le dijo él arqueando una ceja.

Y ella reprimió su curiosidad consciente de que,

para ser un hombre tan reservado como era, había sido muy sincero con ella, ya que en los medios nunca había salido nada referente a semejante pasado. En vez de seguir haciéndole preguntas, tomó su tenedor y atacó el postre que la esperaba encima de la mesa.

–Me encanta el merengue –comentó–. Y este está perfecto, crujiente por fuera y suave por dentro.

Acheron esbozó una sonrisa con sus sensuales labios.

–Un poco como tú, entonces, que eres peleona por fuera, pero tierna por dentro, sobre todo, en lo relativo a una niña que ni siquiera es tuya.

A ella se le había acelerado el corazón al ver aquella sonrisa.

–Solo quiero que Amber tenga todo lo que yo no tuve.

–Admirable por tu parte. Yo nunca he sentido el deseo de tener descendencia –admitió Acheron, viendo cómo Tabby tomaba con la punta de la lengua una pizca de merengue que no podía saber más dulce que su boca.

Volvió a excitarse al pensar en todo lo que podría hacerle con la lengua y eso lo enfadó. Hacía que sintiese que perdía el control y despreciaba semejante debilidad en cualquier aspecto de su vida, así que apretó los dientes e hizo un esfuerzo por controlarse.

–Yo tampoco había pensado nunca en tener hijos –admitió ella antes de chupar el tenedor y volver a hundirlo en el delicioso postre, incómoda al darse cuenta de cómo la estaba mirando Acheron–, pero estaba con Sonia cuando nació Amber y tuve que cuidar de ella hasta que Sonia estuvo lo suficientemente fuerte como para salir del hospital. Creo que por entonces ya estaba entregada a Amber en cuerpo y alma. Y entonces Sonia tuvo un segundo ataque y falleció.

Hizo una pausa, sus ojos chocaron con los de él y se le secó la boca.

—Por favor, deja de mirarme —añadió.

—Deja tú de jugar con el tenedor —le sugirió Acheron con voz ronca—. Te estoy imaginando tumbada en la mesa, mucho más deliciosa que la cena que hemos tomado.

Ella notó que se ruborizaba y dejó caer el tenedor.

—¿Alguna vez piensas en algo que no sea sexo?

—¿Acaso no estás pensando tú en lo mismo? —preguntó él, mirándola intensamente.

Y a Tabby le ardieron las mejillas todavía más porque Acheron tenía razón. Quería empujar la mesa que se interponía entre ambos. Quería cosas que no había deseado nunca antes. Quería probar aquel triángulo de piel morena que dibujaba el cuello de su camisa, recorrer a besos la línea de su mandíbula, tocar, explorar. Y lo peor era que solo de pensarlo se le había acelerado el pulso y sentía calor entre las piernas. «Esto es el deseo», se dijo a sí misma. «Madura y enfréntate a él como una mujer, no como una niña asustada».

Acheron empujó su silla para levantarse.

—Ven...

—No, siéntate —le pidió ella con voz temblorosa.

Tenía miedo de saber adónde quería llevarla y,

sobre todo, miedo a decirle que sí, porque nunca en su vida había sentido algo tan poderoso como aquel anhelo primitivo que la estaba asaltando.

–No me mires así y después intentes decirme lo que tengo que hacer, *hara mou*. No funciona –respondió él, rodeando la mesa hasta colocarse detrás de ella y mover la silla.

–Uno de los dos tiene que intentar ser sensato –protestó Tabby, desesperada.

Acheron se inclinó para levantarla de la silla como si fuese una niña.

–¿Por qué? –le preguntó con voz ronca, calentándole el cuello con su aliento–. No le hacemos daño a nadie. Ambos somos libres. Podemos hacer lo que queramos...

–Yo no vivo así.

–Estás atrapada en una jaula de normas irracionales que te hacen sentirte segura –le dijo Acheron, atravesando el comedor con ella en brazos–, pero yo también puedo protegerte...

«Y hacerme daño», pensó Tabby.

–No haces que me sienta segura.

–Pero es que tú no confías en nadie –le respondió Acheron mirándola de reojo–. Ni yo tampoco. Y, no obstante, te prometo que no te mentiré.

–Eso no me reconforta, teniendo en cuenta que podrías aconsejar a Maquiavelo acerca de cómo conseguir salirse con la suya a base de artimañas.

Acheron se echó a reír mientras subía las escaleras. Ella supo que el momento de tomar la decisión había pasado y el deseo de que la besase no podía ser más fuerte.

Él la dejó en el suelo para abrir la primera puerta, tomó su mano como si tuviese miedo a que saliese corriendo en el último momento y la metió en su habitación.

—Por fin te tengo donde quería tenerte. ¿Te das cuenta de que es nuestra noche de bodas?

—No lo es... en realidad no estamos casados —dijo Tabby, apoyándose en la puerta porque se sentía incómoda y muy nerviosa—. No nos engañemos con eso. Ninguno de los dos pretende hacer de esto un matrimonio de verdad. Tal vez lleve una alianza en el dedo, pero no tiene ningún significado.

Acheron pensó que ninguna otra mujer le habría recordado aquello en un momento así, ni habría entrado en su dormitorio sin un plan ambicioso y mercenario en mente. Aunque fuese extraño, Tabby era como un soplo de aire fresco en su vida.

—Lo sé —admitió él, acercándose como un cazador que estuviese acorralando a su presa para tomar sus manos y acercarla a él—, pero es imposible que ambos estemos tan excitados y que no signifique nada.

—Es culpa de las hormonas.

—Y lo dice la mujer que no tiene ni idea de lo que va a ocurrir en esa cama —bromeó Acheron antes de devorar su boca.

—Por supuesto que sé lo que va a ocurrir... —respondió ella.

Aunque todavía no sabía qué hacía allí con él, rompiendo sus propias normas al permitir que se le acercara tanto.

—Es solo sexo —añadió.

–Va a ser un sexo increíble –predijo Acheron, bajándole los tirantes del vestido y besándola en el hombro mientras la apretaba contra su cuerpo y le permitía sentir el bulto que tenía en la bragueta.

–Me encanta tu seguridad –susurró ella, casi sin aliento.

–Pensé que te molestaba.

Tabby se puso de puntillas para abrazarlo por el cuello.

–Cállate –le contestó, sin poder evitarlo.

Él la tomó en brazos para dejarla a los pies de la cama.

–No quiero hacerte daño.

–Si tiene que doler, dolerá –respondió ella.

Estaba decidida a no dejarse llevar por la aprensión a pesar de que, a excepción del vínculo que tenía con Amber, nadie le había hecho sentir tanto como Acheron. Imaginó que se estaba dejando impresionar, pero no le importó.

–¿Será solo una vez? –preguntó de repente.

Él, que se había agachado a quitarle los zapatos, levantó la vista y sonrió.

–Todo no se puede planear de antemano, Tabby.

–Yo siempre lo hago –admitió ella–. Necesito saber exactamente dónde estoy y qué estoy haciendo.

Él la besó despacio, profundamente, y Tabby sintió cómo todos sus sentidos se centraban en él. Su cuerpo cada vez quería más y más, y no podía ser tan fría como solía. Acheron le bajó la cremallera del vestido y se lo quitó con una facilidad que la dejó helada. No era capaz de imaginárselo haciendo lo mismo con otras mujeres.

–¿Qué te pasa? –le preguntó Acheron, sintiendo que se había puesto tensa de repente.

Ella se dijo que, tal vez, en el fondo fuese una persona terriblemente celosa y posesiva y se preguntó cómo era posible si nunca había tenido una relación íntima con un hombre. Se estremeció a pesar de que hacía calor en la habitación y se dio cuenta de que estaba en ropa interior y que su cuerpo no tenía nada de perfecto.

–Nada –respondió, pero Acheron seguía mirándola fijamente–. Está bien. ¡Estaba pensando que tienes mucha práctica desnudando mujeres!

Y él se echó a reír, demostrándose que en realidad apreciaba que dijese lo que pensaba sin preocuparse por las consecuencias. Aquello tampoco era habitual en su mundo.

–Gracias... Creo –bromeó.

–Tú estás demasiado vestido –protestó Tabby, intentando no pensar en que tenía los pechos demasiado pequeños y que estaba muy flaca en general.

Y, aun así, Acheron la deseaba. Eso era seguro, a juzgar por cómo la estaba devorando con la mirada.

Este se echó a reír y se quitó la camisa y los zapatos con la seguridad de un hombre que jamás se había sentido cohibido en presencia de una mujer, que nunca había sentido miedo a que una mujer no admirase lo que tenía que ofrecer. A Tabby se le secó la garganta al ver su ancho y musculoso torso, en equilibrio con su mandíbula, cubierta por la sombra oscura de su barba, los ojos brillantes y el pelo alborotado, con los vaqueros descansando en sus

estrechas caderas. Acheron los desabrochó y Tabby
pensó que parecía un tigre en su plenitud: brillante,
fuerte y hermosamente equilibrado.

Intentó tragar saliva al ver la prominencia del bulto
de sus calzoncillos, pero no lo consiguió. Cuando se
dio cuenta de que iba a quitárselos, apartó la vista y
se llevó las manos a la espalda para desabrocharse el
sujetador. Luego se metió debajo de las sábanas antes
de deshacerse de las braguitas e intentó parecer más
tranquila de lo que estaba en realidad.

–Te deseo tanto, *koukla mou* –gimió Acheron,
quitándole la sábana y haciendo que se sentase,
alarmada, consciente de su desnudez–. Quiero
verte...

–¡No hay mucho que ver! –respondió Tabby,
apretando su pequeño cuerpo contra las almohadas.

Acheron agarró uno de sus delgados tobillos y
tiró de ella.

–Lo que veo es precioso –le dijo con la respiración acelerada, recorriéndola ávidamente con la mirada.

Un segundo después estaba con ella en la cama.

–No es verdad.

–¡No digas eso! –la interrumpió, besándola suavemente en los labios hasta que los separó y pudo
meter la lengua dentro.

Tabby pensó que besaba muy bien. Al mismo
tiempo estaba jugando suavemente con sus pezones, y un momento después bajó la boca a ellos y
los chupó intensamente, consiguiendo que sintiese
todavía más calor entre los muslos.

Se estremeció y arqueó la espalda contra el colchón mientras él seguía dedicándose a sus pechos. Tabby notó que el placer la invadía y que el deseo de ser acariciada crecía cada vez más.

–Eres muy receptiva –comentó Acheron, estudiándola con sus ojos color caramelo y alargando una mano para acariciarla entre las piernas.

Tabby levantó las caderas para alentarlo y él volvió a besarla apasionadamente en los labios antes de introducir un dedo en el centro de su calor.

La hizo gemir de placer y Tabby se dio cuenta de que, de repente, todas sus sensaciones estaban puestas en aquel punto de su cuerpo. Acheron le mordisqueó el cuello y ella se preguntó cómo era posible que en el espacio de unos pocos minutos hubiese pasado de tener dudas a desear todo lo que Acheron le estaba haciendo.

–Si en algún momento quieres que pare, dímelo, *koukla mou* –le susurró él.

–¿No te resultaría demasiado difícil? –murmuró ella, bajando con la mano por su pecho desnudo hasta llegar a la poderosa erección.

–No soy un adolescente. Puedo controlarme –respondió Acheron, apretándose contra su mano antes de apartársela con cuidado–. Siempre y cuando no me hagas eso mucho más.

Satisfecha con la certeza de que podía alterarlo tanto como él a ella, se relajó y gimió de placer al notar que le acariciaba el clítoris con manos expertas. Tenía el corazón a punto de estallar cuando Acheron se colocó entre sus piernas y reemplazó las manos por la boca. Y a pesar de que jamás había pensado que tendría con un hombre la intimidad suficiente para llegar a aquel punto, se retorció y gimió de placer mientras la sensación iba creciendo en su interior y su cuerpo perdía repentinamente el control y empezaba a sacudirse en un clímax que la dejó sin fuerzas.

Entonces, Acheron se colocó encima de ella y Tabby notó la punta de su erección entre los muslos, empujándola hasta que le hizo sentir una punzada de dolor y ella gritó.

—¿Quieres que pare? —le preguntó él.

—Ya no tiene sentido —respondió Tabby, consciente de que Acheron no estaba en condiciones de parar.

Además, el dolor causado por su invasión había cesado y el placer causado por el orgasmo seguía ahí. Lo abrazó para alentarlo a continuar y acarició con ambas manos el satén bronceado de su espalda.

—Estás tan tensa por dentro —dijo él, penetrándola más—. No sabes cuánto me excitas.

Se apartó y volvió a entrar en ella muy despacio, sorprendiéndola con la intensidad de la sensación que el movimiento le causaba. Después empezó a hacerlo más deprisa, creando en su interior una tormenta de pasión. La explosión de placer también la dejó estupefacta. Acheron gimió mientras el cuerpo de Tabby seguía sacudiéndose por dentro en un interminable placer.

Todavía aturdida, tendida sobre las sábanas arrugadas, vio cómo Acheron atravesaba la habitación, tomaba algo y desaparecía en el baño. Pronto empezó a oírse el ruido de la ducha. En cuanto su encuentro había terminado, nada más llegar al clímax, se había apartado de ella y no había intentado volver a tocarla. A Tabby le fastidió darse cuenta de que le habría encantado que la abrazase cariñosamente y le dolió sentirse tan herida por su retirada. Al fin y al cabo, no buscaba ni esperaba amor ni un compromiso. No, no era tan ingenua.

Se había acostado con Acheron porque, por primera vez en su vida, había sentido el deseo de entrar en otra dimensión con un hombre, pero el hecho de que Acheron se hubiese marchado tan pronto de la cama la había decepcionado. Aunque fuese ridículo, había hecho que se sintiese utilizada y rechazada. Se dijo a sí misma que aquello era una tontería, porque Acheron no se había aprovechado de ella. De hecho, en cierto modo, había sido todo lo contrario.

Salió de la cama, se vistió y se desenredó el pelo con los dedos antes de acercarse a la puerta del baño.

Acheron estaba saliendo de la ducha y tenía una toalla alrededor de las caderas.

–Un sobresaliente en el sexo y un suspenso en el momento de después –anunció ella, intentando que la belleza de su cuerpo no la impresionase.

Sí, Acheron Dimitrakos era un portento, pero para Tabby pesaba mucho más el modo en que la había tratado.

Capítulo 7

ANTE semejante ataque, Acheron se puso tenso, sorprendido, y echó la arrogante cabeza hacia atrás. Aquello lo enfadaba y lo sorprendía, pero no pudo evitar fijarse en lo bella que estaba Tabby recién salida de su cama, con el pelo rubio alborotado sobre los hombros, el rostro colorado y los labios todavía henchidos por sus besos. Intentó pensar con frialdad, pero no pudo evitar que su cuerpo reaccionase ante ella.

—¿Qué demonios estás diciendo?

—Que en cuanto te has quedado satisfecho has salido de la cama y me has abandonado como si tuviese alguna enfermedad contagiosa —le explicó Tabby—. ¡Me has hecho sentir como una fulana!

—Eso es una tontería, estás exagerando —le dijo él en tono de burla, intentando calmar su erección.

—No, no lo es. No has sido capaz de abrazarme ni treinta segundos —le recordó ella—. Y quiero que sepas que me parece muy triste que solo te sientas cómodo acariciando a alguien cuando lo haces de manera sexual.

Él juró en griego.

—No me conoces tan bien como piensas. Y ya te había advertido que lo de los cariños no iba conmigo.

–¿Y piensas que eso te excusa? –le preguntó Tabby furiosa–. Pues no, solo demuestra que eres un egoísta y un desconsiderado, y que yo me merezco algo mejor.

–No finjo ser cariñoso con nadie solo porque sea lo más aceptable –espetó él entre dientes–. No estoy acostumbrado y me sentiría incómodo, como un tonto.

Tabby reconoció que al menos estaba siendo sincero con ella. Sin pensar en lo que hacía, se acercó a él, invadiendo a propósito su espacio vital, para abrazarlo por el cuello y mirarlo a los ojos.

–Practica conmigo –le sugirió–. Yo he practicado con Amber. Tampoco era nada cariñosa antes de empezar a ocuparme de ella.

Acheron tragó saliva, consciente de que Tabby no quería nada más, mientras que él no podía estar más excitado. No quería abrazarla como si fuese una amiga; quería volver a tenerla. No obstante, sabía que eso no era posible en esos momentos, así que la rodeó lentamente con sus brazos y la trasladó al otro lado del cuarto de baño.

–No deberías haberte vestido tan pronto –le dijo.

–Di por hecho que habíamos terminado –admitió ella.

Acheron se inclinó para quitarle el vestido por la cabeza. Desconcertada, Tabby, se quedó inmóvil un segundo, antes de apoyar las manos en su pecho.

–¿Qué estás haciendo?

Acheron metió un dedo por debajo de sus braguitas y se las bajó.

–Es cierto que he salido enseguida de la cama,

pero lo he hecho pensando en ti –le dijo, tomándola en brazos para dejarla en el agua perfumada de la bañera–. Ahora, relájate y disfruta.

Tabby lo miró fascinada.

–¿Me has preparado un baño?

–Te he hecho daño... He pensado que estarías dolorida –respondió él, encendiendo velas alrededor de la bañera y apagando la luz.

–No ha sido culpa tuya –respondió ella, ruborizándose y hundiéndose más en el agua caliente, apoyando al cabeza en el borde.

Era cierto que estaba un poco dolorida. Pensó que formaban una extraña pareja. Él no era capaz de ser cariñoso y ella no podía tener sexo.

Oyó una explosión y vio que Acheron estaba abriendo una botella de champán y sirviendo su líquido dorado en dos copas.

–¿De dónde ha salido eso? ¿Y las velas? –preguntó ella en voz baja.

–Estamos recién casados y es nuestra noche de bodas. El personal de servicio había preparado la habitación... Y sería una pena no aprovecharlo –le respondió Acheron, inclinándose para ofrecerle una copa.

–No, gracias. No bebo –la rechazó ella.

Acheron le dio la copa de todos modos.

–A no ser que tengas algún problema con la bebida, por una copa no va a pasarte nada.

–Yo no tengo ningún problema, pero mis padres lo tenían.

–Eso no significa que tú no puedas probar el alcohol.

–Prefiero no correr riesgos –admitió Tabby, dando un pequeño sorbo.

–A mí, sin embargo, me gusta arriesgarme. Disfruto con la emoción –dijo él.

–Creo que ya me había dado cuenta.

Acheron apretó los labios antes de añadir:

–No me he quedado en la cama contigo porque no quiero que te hagas ilusiones acerca de nuestra relación.

Ella comprendió lo que quería decir y no pudo evitar sentirse un poco dolida.

–Tal vez no tenga experiencia, pero no soy tonta –replicó en tono orgulloso.

–Y a mí no se me dan bien las palabras si has pensado que quería decir eso –comentó Acheron–. Tabby, nunca tengo este tipo de conversaciones con una mujer. Nunca había conocido a alguien como tú.

–¿Te refieres a que era virgen? –le preguntó ella.

–Estoy acostumbrado a estar con mujeres que saben lo que va a pasar.

–Yo también lo sabía. Soy una persona muy práctica.

Acheron estudió su rostro menudo, tenso, se dio cuenta de que Tabby se estaba agarrando las rodillas y se le encogió el estómago al pensar que había podido herirla. Era la primera vez que se sentía así con una mujer y no le gustaba nada. Tal vez Tabby fuese frágil, pero había tomado una decisión, lo mismo que él, y ambos eran adultos.

De repente, Tabby se incorporó y dejó la copa de champán en el borde de la bañera.

–¡Oh, Dios mío! ¿Qué estoy haciendo aquí? ¡No puedo quedarme! El intercomunicador de Amber está en mi habitación.

–Melinda se ocupará de ella. Relájate.

–Melinda no puede trabajar veinticuatro horas al día. Le dije que yo me ocuparía de Amber por la noche –le contó Tabby, empezando a ponerse en pie–. Pásame una toalla.

–No, quédate donde estás –le dijo Acheron, empujándola del hombro para que volviese a sentarse–. Yo iré por el intercomunicador y pasaré a ver cómo está Amber también.

Ella abrió mucho los ojos.

–¿De... verdad?

Acheron fue al dormitorio por sus pantalones vaqueros y después volvió a acercarse a la puerta.

–¿Por qué no? Ya me has enseñado lo que tengo que hacer si llora.

–No pensé que fueses a ayudarme –comentó Tabby–. Al fin y al cabo, es mi trabajo, no el tuyo.

–Estamos en esto juntos. Yo necesitaba una esposa y tú, la figura de un padre adoptivo –le recordó Acheron.

Tabby volvió a meterse en el agua, presa de las dudas, y le dio un sorbo al champán. La actitud de Acheron la confundía. Se había equivocado al acusarlo de haberla abandonado justo después del sexo. Se preguntó si había sido precisamente el sexo lo que lo había puesto de tan buen humor. ¿Podía ser tan básico? Le había puesto el baño antes de meterse en la ducha. Y en esos momentos había ido a ver cómo estaba Amber. No obstante, al mismo tiempo le había dejado claro que lo suyo era solo una relación física. ¡Como si ella no lo supiese ya!

Acheron era un mujeriego, un hombre que huía del compromiso. ¿Y por qué no? Era de sentido común. Era joven, guapo y rico, no tenía por qué quedarse con una sola mujer. Además, teniendo en cuenta su niñez, era normal que pensase que si mantenía a todo el mundo apartado, no le harían daño.

Ella había salido de su caparazón con Sonia y, más tarde, con Amber, había terminado de entender lo agradable y satisfactoria que podía ser la vida si en ella había amor y lealtad. Había perdido su negocio y su casa por ocuparse de Sonia y Amber, pero no se arrepentía de las decisiones que había tomado.

Se recordó que, en esos momentos, Amber era su única responsabilidad, y se preguntó qué hacía metida en una bañera, bebiendo champán, mientras la niña podía necesitarla. Salió del agua, se enrolló en una toalla y se secó apresuradamente antes de volver a tomar su vestido. Había llegado el momento de volver al mundo real.

Acheron gimió al oír llorar a la niña a través de intercomunicador que estaba encima del tocador de la habitación de Tabby. Al mirarlo, se dio cuenta de que había algo escrito en el espejo: *Vete a casa, zorra*.

Desconcertado y nervioso por el llanto de la niña, dudó antes de entrar al cuarto de baño para tomar una toalla, humedecerla y volver a limpiar el espejo antes de que Tabby pudiese verlo. Por un segundo, pensó que solo su personal de servicio tenía acceso a aquella habitación, y que era evidente que había alguien que no era de confianza. Se preguntó furioso por qué habían dejado semejante mensaje a Tabby. Legalmente era su esposa y tenía derecho a estar en aquella casa. ¿Quién quería hacerle daño? Hizo una mueca. La principal sospechosa era Kasma. Acheron sacó su teléfono y llamó al jefe de seguridad para que fuese allí lo antes posible. Después, se dirigió hacia la habitación de la niña mientras se decía a sí mismo que solo era un bebé y que podía ocuparse de ella.

Amber estaba sentada en la cuna, llorando a pleno pulmón, con el rostro enrojecido.

–No pasa nada –la intentó tranquilizar, acercándose.

La niña levantó los brazos hacia él.

–¿Hace falta que me acerque tanto? –preguntó incómodo–. Estoy aquí. Estás sana y salva. Te aseguro que nada malo va a ocurrirte.

Amber clavó sus ojos marrones en él sin dejar de llorar y volvió a levantar los brazos.

Acheron suspiró y se acercó un poco más.

–No se me da bien lo de los mimos –le advirtió, inclinándose para tomarla en brazos.

La niña lo sorprendió abrazándolo con fuerza por el cuello.

Después dejó escapar un último sollozo y él apoyó una mano en su pequeña espalda y empezó a acariciarla con movimientos circulares para intentar tranquilizarla. En su mente apareció un instante el rostro de una mujer y él se quedó inmóvil. No recordaba qué edad había tenido él, pero debía de haber sido muy pequeño cuando la mujer había ido a reconfortarlo en mitad de la noche, lo había tomado en brazos y le había cantado hasta que había dejado de llorar. ¿Había sido Olympia, la abuela de Amber, aquella mujer? ¿Quién si no? Olympia había sido la única que no lo había tratado como una parte molesta de su bien remunerado empleo.

—Te lo debo —le dijo a Amber, colocándosela mejor entre los brazos y empezando a acunarla, e intentando borrar de su mente aquel recuerdo que tanto lo incomodaba—, pero no puedo cantar ni siquiera por ti.

Amber lo sorprendió sonriéndole de oreja a oreja y él le devolvió la sonrisa sin darse cuenta.

Así fue como los encontró Tabby al detenerse frente a la puerta. Acheron despeinado, mirando a Amber a los ojos y sonriendo ampliamente. Descalzo, con el pecho desnudo, vestido solo con unos vaqueros desgastados, extravagantemente guapo y humano al mismo tiempo. Tabby notó que se le cortaba la respiración y se le secaba la boca con aquella sonrisa tan sensual.

—Deja que me ocupe de ella —le dijo en voz baja—. Volveré a dejarla en la cuna.

—Estamos bien —anunció Acheron con cierto orgullo mientras le daba a la niña—. Es evidente que no es muy exigente.

—Ahí te equivocas. A veces lo es. No le gusta todo el mundo —admitió Tabby, dejando a Amber en el cambiador para ponerle un pañal limpio antes de volver a dejarla en la cuna—. Es hora de dormir, cariño.

–Lo organizaré para que esté atendida por las noches –comentó Acheron cuando ambos salieron al pasillo.

–No será necesario.

–Podrás venir a verla cuando quieras, pero no estarás obligada a levantarte todas las noches –insistió él.

–Sigo siendo la mujer que quiere ser su madre. Es mi deber estar ahí para ella –le recordó Tabby en tono amable–. No quiero que otra persona se ocupe de ella todo el tiempo.

–Sé razonable –le dijo Acheron, deteniéndose delante de las puertas que daban a sus dormitorios–. ¿Vas a pasar el resto de la noche conmigo?

La facilidad con la que hizo la pregunta desconcertó a Tabby, que había dado por hecho que, una vez que Acheron hubiese satisfecho su deseo, no volvería a interesarse por ella. Su pregunta le agradó y le molestó al mismo tiempo.

–Me temo que, si lo hago, tendrá que ser con unas normas –murmuró incómoda, agarrando el pomo de la puerta de su habitación.

–¿Normas? –repitió él sorprendido–. ¿Es una broma?

–No suelo bromear con cosas serias –respondió ella–. Si quieres escuchar las normas, dímelo.

–Yo no cumplo normas –le advirtió él con los dientes apretados–. No sé si te habrás dado cuenta de que no soy un niño que se porte mal.

Tabby le dio con la puerta en las narices.

Le había dado tiempo a ponerse uno de los elegantes camisones nuevos cuando la puerta volvió a abrirse. Ella se metió en la cama y miró hacia la puerta.

–¿Cuáles son esas malditas normas? –inquirió Acheron, con los brazos en jarras.

–Norma número uno –empezó a enumerar Tabby–. Nuestra relación tendrá que ser exclusiva y si quieres estar con otra mujer tendrás que decírmelo y terminar con lo nuestro de manera amable. No habrá secretos ni mentiras.

Acheron la miró con incredulidad.

–¡No puedo creer lo que estoy oyendo!

–Dos –continuó ella–. Me tratarás siempre con respeto. Si algo te molesta, me lo dirás, pero no delante de Amber.

–Estás completamente loca –le aseguró él–. Y me he casado contigo.

–Tres –añadió Tabby–. No soy un juguete que puedas tomar o dejar cuando te apetezca. Ni un entretenimiento para cuando estés aburrido. Si me tratas bien, recibirás el mismo trato por mi parte, pero si no... Bueno, en ese caso se habrá terminado.

–*¡Na pas sto dialo!* –murmuró Acheron coléricamente–. Quiere decir que te vayas al infierno, y que te lleves contigo tus malditas normas.

Tabby no volvió a respirar hasta que la puerta se hubo cerrado tras de él y entonces se tumbó en la cama. Le pesaba el cuerpo y tenía el estómago revuelto. Se dijo que aquella era una manera de hacer que Acheron la viese como a un igual. ¿Qué otra cosa podía haberle dicho? No era de las que se metían en una aventura sin más, sobre todo, con un hombre tan inestable como él. Estaba segura de que, a partir de entonces, Acheron guardaría las distancias.

¿Por qué, entonces, estaba triste? Lo superaría, por supuesto, porque no tenía otra opción. Él quería una cosa y ella otra, así que lo mejor era que se terminase antes de que la cosa se complicase y ella terminase dolida y humillada. Mucho mejor...

En mitad de la noche, Acheron se levantó a darse una ducha de agua fría. No conseguía calmar su erección y seguía furioso. Normas, malditas normas. ¿Acaso estaba otra vez en el colegio? ¿Con quién pensaba Tabby que estaba tratando? ¿Pensaba que por acostarse con él había cambiado su relación? Las mujeres eran capaces de complicar hasta un concepto tan simple como el del sexo.

No obstante, estaba tan enfadado consigo mismo como con ella. Había sospechado que su ingenuidad le causaría problemas y así había sido. Seguía deseándola todavía más después de haber estado con ella. Apretó los dientes con fuerza. Recordó el calor de su cuerpo al apretarlo por dentro y su libido aumentó todavía más.

–¿Quién es la niña más guapa del mundo? –preguntó Tabby a la mañana siguiente mientras Amber sacudía su cuchara para responder a sus cariñosas palabras.

Acheron contuvo un gemido y ocupó una de las sillas que había frente a la mesa de la terraza. Lenguaje de niños en el desayuno, otra cosa más que Tabby había llevado a su vida y que no era de su agrado. Por la mañana le gustaba el sexo y el silencio, y como no tenía ninguna de las dos cosas, no podía estar de buen humor. Tampoco lo ayudó que Tabby fuese vestida con una camiseta de tirantes y pantalones cortos. Se excitó incluso viendo el tatuaje de su hombro.

Tabby intentó estudiar la expresión de Acheron sin que se le notase mucho. Era tan guapo. Tenía que ser un pecado ser tan guapo y ella no podía evitar mirarlo. La luz del sol hacía brillar su pelo negro y deseó meter los dedos en él, acariciar la dura línea de su mandíbula y hacerlo sonreír. Desconcertada por la ternura de sus pensamientos, giró la cabeza para resistirse a la tentación.

Amber alargó los brazos en dirección a Acheron y le sonrió.

–Ahora no, *koukla mou* –murmuró este–. Desayuna primero.

El hecho de que reconociese la presencia de la niña y no la suya indignó a Tabby. La noche anterior solo había sido un cuerpo, pero esa mañana, al parecer, era invisible.

–Buenos días, Acheron –le dijo en tono seco.

–*Kalimera, yineka mou* –murmuró él con voz sedosa–. ¿Has dormido bien?

–Como un tronco –mintió Tabby.

Una criada le sirvió café y el rico aroma la penetró. Eso le hizo recordar que Sonia había sido muy sensible a determinados olores durante su embarazo. De repente, sintió pánico.

–Anoche... –empezó, pero después esperó a que desapareciese la criada para continuar–, utilizaste protección, ¿verdad?

Acheron la miró divertido.

–¿Piensas que soy tan estúpido como para no tomar precauciones?

–Creo que, en caliente, cuando uno quiere algo a veces corre ciertos riesgos –admitió.

Acheron arqueó una ceja e inclinó la cabeza en dirección de Amber.

–No si el riesgo implica la adquisición de uno de esos –declaró–. La pasión nunca me gobierna.

–A mí tampoco –dijo ella.

Se inclinó hacia delante para ayudar a Amber a terminar el desayuno y sus pezones rozaron la tela de la camiseta, haciéndole pensar que tenía que haberse puesto sujetador. Sobre todo, sabiendo que iba a estar cerca de Acheron.

Este también se dio cuenta y deseó comérsela viva. Se hizo el silencio y la niñera entró para llevarse a Amber a darle un baño.

Acheron respiró hondo el aire fresco y supo que, si quería paz y mejor entendimiento entre ambos, tenía que aclararle a Tabby algunas ideas equivocadas.

–Yo también tengo normas –le dijo–. Nunca trato con mujeres inseguras y exigentes.

Aquello sentó a Tabby como una patada en el estómago.

–¿Me estás llamando insegura y exigente?

–¿Tú qué crees?

Ella se levantó de un salto de la silla, furiosa.

–¿Cómo te atreves? En mi vida he sido insegura ni exigente con un hombre.

–Y, no obstante, lo primero que has intentado ha sido imponerme tus normas. Quieres seguridad y promesas acerca de un futuro desconocido para ambos –razonó Acheron con fría precisión–. Yo no tengo una bola de cristal.

–¡No me gusta cómo funcionas! –espetó Tabby.

–Si no sabes nada de mí. Durante años, he tenido relaciones monógamas y nunca he pasado de una a otra sin ser sincero cuando perdía el interés –le explicó él, mirándola fijamente–. Me ofende que me taches de mentiroso y ser infiel sin ninguna base.

–Tienes mucha labia, ¡pero no creo ni una palabra de lo que dices! –le gritó Tabby, negándose a admitir que tenía cierta razón.

–¿Quién tiene ahora prejuicios? –le preguntó Acheron–. ¿Qué es lo que te resulta más ofensivo de mí? ¿Qué haya estudiado en colegios privados, que sea rico, o la vida que llevo?

Tabby se quedó rígida de la ira.

–¡Lo que más me ofende es que pienses que lo sabes todo!

–Sé que somos polos opuestos y que nuestro acuerdo saldrá mejor si nos ceñimos al plan inicial.

A Tabby le dio un vuelco el estómago.

–¡Tenías que haberte mantenido alejado de mí! –lo acusó.

Él sonrió.

–Por desgracia, no pude...

Y tras aquella confesión final, se levantó y volvió al interior de la casa, dejándola sola ante las mara-

villosas vistas de la Toscana. Tabby respiró hondo.
Acheron quería que volviesen a los términos de su
acuerdo inicial, que era lo mismo que había querido
ella, pero ¿por qué se sentía como si hubiese perdido
una batalla? De hecho, en vez de sentirse aliviada y
tranquila, se sentía ridículamente dolida y abandonada...

Capítulo 8

TABBY empujó la pelota hacia Amber, que estaba sentada a la sombra de un viejo roble del jardín. Esta se la devolvió y gateó hacia el borde de la manta con los ojos brillantes al ver la extensión de hierba que tenía ante ella.

A Tabby le maravilló la velocidad a la que la niña había aprendido a desplazarse sola. Había pasado de girar de un lado a otro a ser capaz de gatear. Tenía poco más de siete meses y era precoz para su edad, pero siempre había sido un bebé físicamente fuerte y a Tabby no le sorprendía que hubiese aprendido a desplazarse sin la ayuda de un adulto antes de lo normal. Vio cómo la niña arrancaba un puñado de hierba y se lo llevaba a la boca.

–No... no –le estaba diciendo ella, y quitándole la hierba, cuando llegó Melinda y le ofreció que se tomase un descanso–. Sí, muchas gracias. Ahora es mucho más difícil cuidarla y no me importaría tomar un rato el sol y leer.

–Por supuesto. La pondré en la sillita y le daré un paseo –sugirió la niñera–. Me encanta estar aquí.

Tabby miró a la chica, que era más joven que ella, y se preguntó por qué le costaba tanto que le cayese bien. Al fin y al cabo, Melinda era estupenda con Amber, trabajaba bien y era simpática. Tal vez el hecho de que en varias ocasiones la hubiese sorprendido mirando a Acheron con deseo le impedía intimar más con ella. Se dijo a sí misma que no era porque estuviese celosa, sino que le molestaba que una mujer demostrase semejante interés por el hombre casado para el que trabajaba. En cualquier caso, y para ser justos, Tabby tenía que admitir que Acheron no parecía haberse fijado en la joven niñera.

–¿Sabes cuánto tiempo vamos a quedarnos aquí? –preguntó Melinda mientras recogía los juguetes de Amber y los metía en una bolsa.

–No, lo siento... Mi marido todavía no lo ha decidido –respondió ella, impresionada consigo misma al darse cuenta de cómo se había referido a Acheron.

No obstante, de marido tenía poco. Tabby tomó el libro y las gafas de sol y fue hacia la piscina. Durante la última semana casi no había visto a Acheron, que pasaba la mayor parte del día en su despacho y, a menudo, también parte de la noche trabajando. Y cuando estaba cerca de ella era siempre hablando por teléfono o pensando en sus negocios.

De vez en cuando se tomaba con ella un café a la hora del desayuno, y durante la cena solía estar en silencio, comer deprisa y excusarse educadamente antes de marcharse. Era un compañero frío y distante y nunca la miraba con deseo. Era como si la noche de desenfrenada pasión que habían compartido hubiese sido fruto de la imaginación de Tabby, pero esta no podía volver a tratarlo como a un extraño y se reprendía a sí misma por querer tener la atención de un hombre que estaba decidido a tratarla como si fuese un mueble.

Lo sorprendente e indignante era que con Amber se estaba comportando de un modo completamente diferente. Melinda le había asegurado a Tabby que no pasaba nunca por delante de la puerta de la habitación de la niña sin entrar a hablar y a jugar con Amber. Y esta también buscaba su atención siempre que lo tenía cerca. Tal vez Acheron se sentía halagado con las atenciones de la pequeña. ¿O era que estaba descubriendo que en realidad le gustaban los niños? Tabby no sabía cuál era el motivo de aquel cambio de actitud y había pasado una semana casi sin dormir para al final llegar a la conclusión de que sabía muy poco acerca de Acheron Dimitrakos. Su marido era un misterio en casi todos los aspectos.

Acheron se acercó a la ventana y gimió al ver a Tabby poniéndose cómoda en una tumbona. Llevaba un bikini morado que ocultaba sus pequeños pechos y la abrazaba por las caderas. Él cambió de postura, incómodo, e intentó controlar la atracción que estaba impidiendo que durmiese por las noches.

Aunque todavía no había ocurrido nunca, estuvo pendiente de que Tabby no hiciese topless. Se dijo que era lo que habría hecho cualquier marido, teniendo en cuenta la cantidad de empleados que había en la finca. Se dio cuenta de que era muy extraño que, a pesar de ser una actitud muy conservadora, no pudiese soportar la idea de que alguien más viese a Tabby desnuda. Imaginó que aquella repentina vena posesiva se debía a que había sido el primer amante de su mujer.

Su mujer, jamás habría sospechado que pensaría en ella en esos términos. No obstante, si Tabby hubiese sido su esposa de verdad, habría pasado las tardes en su cama, abandonándose a las demandas de su pasión y perdiéndose en el placer que él le habría procurado. Su cuerpo volvió a reaccionar y Acheron juró entre dientes.

Por desgracia, Tabby no era nada flexible y él tenía que elegir entre plegarse a sus normas, o dedicarse a tomar duchas frías. No había un punto intermedio con ella. O todo, o nada, y no podía hacerlo. No podía cruzar aquella línea sabiendo que no tenían futuro. No habría sido justo para ella. Y, no obstante, quería hacerlo.

Esa noche, Tabby sacó un precioso vestido azul del armario. La semana anterior se había puesto un conjunto nuevo cada día, diciéndose que la ropa estaba allí y que era una pena no utilizarla. Además, habría sido una tontería morirse de calor con los vaqueros y las camisetas que había llevado.

Dejó el vestido encima de la cama, se maquilló y se peinó, aunque su aspecto diese igual porque Acheron ni siquiera la miraba, pero es que no se estaba arreglando para él, se recordó a sí misma. Lo hacía por el bien de su propia autoestima y porque sabía que comportarse como una mujer rica en su luna de miel era, al fin y al cabo, su papel. Una vez vestida se puso unos vertiginosos tacones y se miró en el espejo. Deseó ser más alta, tener más curvas y ser más guapa. Como... ¿Kasma? La ira causada por la noticia de que Acheron se había beneficiado de su matrimonio tanto como ella se había calmado completamente. Al fin y al cabo, ella también se había casado solo para poder adoptar a Amber, y en esos momentos tenía que centrarse en eso y no preocuparse por nada más.

Acheron estaba atravesando el recibidor cuando ella llegó a las escaleras de mármol. Obedeciendo a su instinto, se puso recta y levantó la cabeza. Él estaba tan guapo y elegante como siempre, incluso con unos vaqueros y una camisa desabrochada en el cuello. A Tabby se le aceleró el corazón y se agarró con fuerza a la barandilla. Por desgracia, no apoyó bien el pie en el escalón, notó que su mano resbalaba de la barandilla y ella caía.

–¡Te tengo! –le dijo Acheron, sujetándola.

Tabby se sintió aliviada al ver que no había rodado por las escaleras, pero notó dolor en el tobillo.

–Mi tobillo... –gimió.

–*Thee mou*... podías haberte matado cayendo por las escaleras –le dijo él con una crudeza que la dejó atónita.

Después llamó en griego hasta que apareció uno de sus guardias de seguridad y le dio varias instrucciones.

Tabby sintió en la mejilla los latidos acelerados de su corazón y le pareció normal, porque Acheron debía de haberse movido muy rápidamente para interceptar su caída. Se le revolvió el estómago al pensar que, de no ser por él, podía haberse roto el cuello, o al menos una pierna, o las dos, al rodar por las escaleras de mármol. Se sintió aliviada de que solo le doliese el tobillo.

–Estoy bien... Por suerte, has llegado a tiempo.

Acheron la dejó en un sofá con exagerado cuidado y después se agachó para ponerse a su altura.

–¿Has tenido la sensación de que te empujaban? –le preguntó, mirándola fijamente.

A ella le sorprendió la pregunta.

–¿Por qué iba a empujarme alguien por las escaleras? –preguntó con voz débil–. He perdido el equilibrio.

Acheron frunció el ceño.

–¿Estás segura? Me ha parecido ver pasar a alguien por detrás de ti justo antes de que te cayeras.

–Yo no he visto ni he oído a nadie –respondió ella, avergonzada porque sabía cuál era el motivo exacto de su torpeza–. Estoy segura.

Si no hubiese estado tan ocupada admirando a Acheron e intentando posar como una estúpida adolescente, no se habría caído.

–Me temo que voy a tener que moverte otra vez... Intentaré no hacerte daño –le dijo Acheron, metiendo las manos debajo de su cuerpo–. Tengo que llevarte al coche para ir a ver a un médico.

–¡No necesito un médico! –exclamó ella cada vez más turbada.

Pero durante las dos siguientes horas tuvo que pasar por un exhaustivo análisis médico en el hospital más cercano y Acheron se negó a escucharla. Además, en vez de comportarse como el hombre frío y reservado al que se había acostumbrado en las

últimas semanas, se mostró enfadado. Tabby no tenía ni idea del motivo. Estuvo yendo y viniendo por
la sala, le preguntó varias veces cómo se encontraba
e insistió en que le hiciesen una radiografía a pesar
de que el médico le aseguró que Tabby no se había
roto nada. Y, todavía peor, su equipo de seguridad
estuvo en todo momento alrededor de ellos como si
estuviese esperando un inminente ataque aéreo.

–Qué marido tan entregado y nervioso –comentó
el médico riendo.

Tabby pensó con tristeza que estaba muy equivocado y se sintió mal por estar requiriendo tanta
atención cuando, en realidad, no le pasaba nada.

Si Tabby hubiese muerto, habría sido culpa suya.
Acheron no pudo dejar de darle vueltas a aquello.
Nunca se había sentido tan furioso ni tan culpable,
pero es que nunca antes había sido responsable de
otra vida y, aunque hubiese preferido pensar de otra
manera, no podía evitar considerar que aquella mujer era responsabilidad suya. Le horrorizaba la po-
sibilidad de que alguien que trabajase para él pudiese haber intentado hacerle daño. Después de
haber visto el mensaje que le habían escrito en el
espejo, no pensaba que la caída hubiese sido acci-
dental. Tabby podía no haberse dado cuenta de que
alguien la había empujado.

Todavía le frustraba más que su equipo de seguridad no hubiese averiguado nada sospechoso de
ninguna de las personas que trabajaban en la casa.
Hizo una mueca. Por desgracia, era un lugar al que

iba muy poco y el año anterior lo había reformado y había contratado a trabajadores nuevos cuya lealtad solo podría confirmar con el paso del tiempo. Apretó los labios y se dijo que la seguridad de Tabby era primordial, aunque no quería asustarla compartiendo con ella sus sospechas. Lo más sensato sería marcharse de allí lo antes posible y buscar un destino más seguro. Después de tomar la decisión, Acheron dio la orden a pesar de que su jefe de seguridad le advirtió que no eran horas de sacar al bebé de la cama. Aun así, quería llevarse a Tabby y a Amber de la casa cuanto antes. Vio cómo el médico le vendaba el tobillo y volvió a reprenderse por no haber sido capaz de evitar que se hiciese daño.

–Lo siento mucho –le dijo Tabby en la limusina cuando salieron del hospital.

–No te disculpes, has tenido un accidente –respondió él–. ¿Cómo estás?

–Me siento un poco dolorida, pero no tardaré en recuperarme –le contestó ella con una sonrisa–. Esto me enseñará a tener más cuidado con las escaleras a partir de ahora.

Acheron estaba muy sorprendido de la reacción de Tabby, cualquier otra mujer habría montado una escena y habría exagerado lo ocurrido para conseguir más atención. Sin embargo, Tabby le estaba quitando importancia al episodio y no le había pedido nada.

–¿Adónde vamos? –le preguntó ella cuando Acheron la bajó de la limusina y la sentó en la silla de ruedas que la estaba esperando fuera–. ¿Estamos en el aeropuerto?

–Sí, nos vamos a Cerdeña –le informó Acheron con naturalidad.

–¿En serio? Quiero decir, ¿ahora? Son las diez de la noche.

–Amber y la niñera ya están en el helicóptero, lo mismo que tu equipaje –le contó él.

A Tabby le entraron ganas de decir muchas cosas, pero tenía la boca abierta y, además, había aprendido a pensárselo dos veces antes de decirle a Acheron lo que pensaba. Apretó los puños con fuerza y dio por hecho que él estaba aburrido en la casa de la Toscana y que le apetecía cambiar de escenario. No solo había sacado a Amber de la cama, sino que a ella la estaba obligando a viajar a pesar de estar cansada y dolorida. Hizo una mueca. Estaba comportándose como un egoísta, aunque Tabby pensó que debía de ser lo normal en un hombre acostumbrado a pensar solo en sus propias necesidades.

El helicóptero hacía mucho ruido y Tabby, que no había comido nada desde el mediodía, casi tenía náuseas del hambre. Insistió en que Melinda le diese a Amber para tranquilizar ella misma a la cansada niña y le sorprendió ver que Acheron se la quitaba de los brazos y la sentaba en su regazo. Amber lo miró, se metió el dedo en la boca y volvió a cerrar los ojos, al parecer, contenta con el cambio. Tabby debió de quedarse dormida, porque cuando la despertó el reflejo de una luz y el dolor del tobillo, Acheron la estaba metiendo en brazos en una casa.

–¿Cómo te encuentras? –le preguntó.

–Estaré bien...

–No te comportes como una mártir. Tienes muy

mal aspecto –la interrumpió–. Vas a irte directa a la cama, *yineka mou*. Te llevarán la comida allí.

A Tabby la idea de la cama y de la comida le pareció muy bien. Acheron subió unas escaleras y una suave brisa golpeó el rostro de Tabby. La dejó encima de una cama enorme, frente a un ventanal abierto, y se dispuso a taparla. A ella le sorprendió que fuese tan amable.

–¿Por qué estás siendo tan agradable conmigo de repente? –le preguntó con brusquedad.

Él respiró hondo. Tabby le decía cosas que nadie más se atrevía a decirle.

–Porque estás herida.

–Ni acatas normas ni te compadeces de nadie –replicó Tabby.

–Eres mi esposa.

–No es verdad.

–Quiero tratarte como se trata a una esposa –añadió él casi de manera desagradable.

Ella lo miró como si no entendiese nada e incluso sintió la tentación de darle una bofetada. Pensó que para entender a Acheron hacía falta un manual de instrucciones.

–Quiero que te sientas mejor –anunció este.

–No me trates como si te diese pena, por favor.

–No me he comportado bien contigo –murmuró Acheron–. Y estoy intentando compensarte.

–La pena siempre es pena –le dijo él.

Acheron se sentó en la cama, a su lado. Apoyó una mano en su nuca y la besó apasionadamente.

–¿Sigues pensando que me das pena? –preguntó después.

Tabby no respondió porque casi no podía ni respirar. Quería que Acheron volviese a besarla y estaba deseando acariciarlo, pero se sintió mal y bajó la cabeza. Por suerte, en ese momento entró una mujer con una bandeja en las manos.

–Tienes que comer –dijo Acheron.

Con su ayuda, Tabby se apoyó en las almohadas y tomó el cuchillo y el tenedor. No se atrevía a volver a mirarlo, le daba miedo ceder a la tentación. A pesar de estar hambrienta, tuvo que obligarse a comer porque la tensión le había cortado el apetito. Comió en silencio mientras Acheron iba de un lado a otro de la enorme habitación e hizo un esfuerzo por no mirarlo para no perder el control. ¿Qué significaba eso? Aquel tipo había estado tratándola como si no existiese toda la semana anterior. Era el mismo que se había acostado con ella y un segundo después había salido de la cama. Tabby se sintió avergonzada y completamente agotada.

Le quitaron la bandeja del regazo y notó que se le cerraban los ojos.

–Descansa –le dijo Acheron.

Y, por una vez, obedeció.

Tabby despertó con la urgente necesidad de ir al cuarto de baño y al abrir los ojos en la oscuridad se sintió desorientada. Se sentó en la cama y gimió al notar que le dolía el tobillo, después buscó con la mano el interruptor de una lamparita de noche. Por suerte, lo encontró y la habitación se iluminó un segundo antes de que el hombre que había tumbado

en el sofá que había pegado a la pared se incorpo-
rase.

–¿Ash? –preguntó ella con incredulidad–. ¿Qué
estás haciendo aquí?

Estaba con el pecho desnudo y descalzo, vestido
solo con unos vaqueros. La mirada de Tabby se
clavó en su impresionante torso moreno y enseguida subió a su rostro.

–No podía dejarte sola.

–¿Por qué no? –inquirió ella, notando calor en el
rostro mientras intentaba colocarse en el borde de la
cama–. ¿Por qué te has quedado a dormir en el sofá?

–¿Qué estás intentando hacer? –preguntó él,
acercándose a la cama.

–Necesito ir al cuarto de baño –respondió Tabby
entre dientes.

–Eres muy testaruda, *koukla mou*. En estos momentos necesitas ayuda y no quería dejarte con cualquiera –admitió, impaciente, acercándole la muleta
que había apoyada junto al tocador–. Ve despacio o
te harás daño.

Pero Tabby ya había llegado a la conclusión de
que no podía mover el pie sin que le doliese el tobillo, así que apretó los dientes y empezó a andar
con los ojos llenos de lágrimas hacia la puerta que
Acheron acababa de abrir.

Este dijo algo en griego y la tomó en brazos para
llevarla hasta el cuarto de baño, donde la dejó en un
taburete.

–El dolor siempre aumenta por la noche. Mañana
te sentirás mejor –le auguró–. Llámame cuando hayas terminado.

Tabby se dijo que no iba a llamarlo y estudió su reflejo en el espejo. No se había quitado el maquillaje que se había puesto para la cena en la Toscana, así que tenía los ojos negros, marcas de las sábanas en la cara y estaba despeinada. ¿Cómo era posible que Acheron estuviese tan guapo a esas horas y que ella pareciese la novia de Drácula?

Entonces bajó la vista al delgado camisón que llevaba puesto y contuvo un gemido. Debía de habérselo puesto Acheron, aunque, ¿qué más daba? Ya la había visto desnuda antes. Se incorporó, hizo sus necesidades y después se lavó lo mejor que pudo. Sintiéndose refrescada, aunque todavía pálida y dolorida, salió del cuarto de baño.

Acheron estaba esperando para volver a tomarla en brazos y dejarla en la cama.

—Sigo sin entender qué haces aquí —le dijo ella débilmente y con la frente cubierta de sudor.

—En la casa principal solo hay tres habitaciones. He pensado que no querrías que Amber se fuese con Melinda a las dependencias domésticas, así que le he dado a esta la tercera habitación —le explicó él.

—¿Sólo hay tres dormitorios? —preguntó ella sorprendida—. Creo que este movimiento no lo has planeado bien, ¿no?

Acheron guardó silencio y después comentó:

—Son las tres de la madrugada... Ya lo hablaremos mañana.

Tabby lo vio volver al sofá y suspiró.

—Por Dios santo, ven a la cama. Es tan grande como un campo de fútbol. Estoy segura que podemos evitar tocarnos.

Acheron se dio la vuelta sorprendido, pero no dijo nada. Apagó la luz y Tabby se quedó muy quieta, escuchando cómo se quitaba los pantalones vaqueros e intentando no imaginárselo sin ellos. La sábana se movió, el colchón cedió y ella se obligó a relajarse. Se dijo que no corría ningún peligro a su lado. Acheron se regía por la razón, no por la emoción ni la pasión. Y sabía que no hacían buena pareja.

Cuando Tabby volvió a despertarse estaba amaneciendo. Se sintió dolorida y tensa al moverse involuntariamente e hizo una mueca silenciosa. Giró la cabeza y vio a Acheron dormido a su lado. Estaba despeinado, con las largas pestañas negras apoyadas en sus mejillas morenas y la deliciosa boca relajada. Tabby no podía dejar de mirarlo. Tenía la sábana enrollada a las caderas y el abdomen y el pecho al descubierto. Tenía un cuerpo tan bello y escultural que a Tabby se le hizo un nudo en la garganta y sintió calor en la pelvis. Quería tocarlo. Lo deseaba tanto que casi le dolió contenerse.

Él abrió los ojos y se estiró lenta y lánguidamente.

–*Kalimera, yineka mou.*

–¿Qué significa eso? –preguntó ella, arqueando una ceja.

–Buenos días, esposa mía –le tradujo Acheron en tono divertido.

–No soy tuya –replicó Tabby.

Una mano morena se levantó para hundirse poco después en su pelo rubio y Acheron la miró fijamente.

–¿Y cómo lo definirías tú? Te has casado conmigo y has aceptado mi cuerpo en el tuyo. ¿No te das cuenta de que eso significa que hemos consumado legalmente nuestra unión?

Tabby se puso tensa.

–Yo...

Él la besó y se entretuvo en mordisquearle el labio inferior antes de devorarla con un explosivo erotismo. Tabby notó como su cuerpo respondía y le hacía olvidar sus buenas intenciones. Así que le devolvió el beso y él le metió la lengua en la boca.

–¿Ash? –le preguntó cuando él le dejó espacio suficiente para volver a suspirar.

Él la miró con impaciencia, con tensión.

–Al diablo con tus normas –le dijo–. Yo solo juego con las mías.

Tabby seguía dándole vueltas a sus palabras cuando Acheron la levantó y la tumbó con cuidado de lado.

–¿Qué estás haciendo?

–Estoy haciendo posible lo que ambos necesitamos –le respondió él al oído mientras le acariciaba suavemente los pechos–. Como no puedes huir, grita si quieres que pare.

Desconcertada, Tabby clavó la vista en el sofá que Acheron había ocupado la noche anterior y recordó que ella misma lo había invitado a dormir en la cama. ¿Habría dado él por hecho que su cuerpo iba incluido en el ofrecimiento? ¿O estaba tan atrapado como ella en la química que existía entre ambos? La segunda idea le gustaba más, pero Acheron empezó a pellizcarle los pezones y ella dejó de pensar.

Acheron probó la suave piel de su cuerpo y su olor lo invadió, excitándolo todavía más. Apretó la erección contra su trasero y ella gimió y se acercó más mientras él le levantaba el camisón y acariciaba la dulce curva de sus pequeños pechos.

—Me encantan tus pechos —le dijo con voz ronca—. Encajan perfectamente en mi mano, *moli mou*.

Ella tembló. Bajó la vista a sus dedos morenos, que contrastaban con la palidez de su piel y la acariciaban con pericia. Sintió que el deseo aumentaba entre sus piernas, cambió de postura y gimió de dolor al mover accidentalmente el tobillo.

—Quédate quieta —le dijo Acheron—. No tienes que hacer nada. Deja que lo haga yo todo.

Tabby estaba tan excitada que deseó gritar, deseó decirle que hiciese lo que tuviese que hacer cuanto antes. Pero lo pensó mejor y se calló, aunque no había pensado que unas caricias y un beso podrían elevar la temperatura de su cuerpo de cero a cien y estaba empezando a entender que Acheron hubiese sido su primer amante.

La mano de este bajó por su muslo y empezó a adentrase en lugares más íntimos. Ella arqueó la espalda con desesperación y Acheron le mordisqueó el cuello.

—Voy a matarte —le juró Tabby con voz temblorosa.

—No, me vas a pedir que siga haciéndolo.

—Desde luego, tu problema no es precisamente tener la autoestima baja —respondió ella con la respiración entrecortada mientras él le acariciaba el clítoris.

–Bajo las sábanas... no –admitió él.

–¿Te han dicho que eres maravilloso?

–Muchas veces. Estoy podrido de dinero, así que decirme que no valgo nada en la cama, aunque fuese cierto, no sería rentable –le dijo Acheron con cinismo.

–Eso es horrible –comentó Tabby consternada.

–Horrible –repitió él, acariciándole la parte más sensible de su cuerpo.

–Yo no quiero tu dinero –exclamó ella, apretándose contra su mano–. ¡Solo quiero tu cuerpo!

Se hizo el silencio y Tabby cerró los ojos espeluznada. «No he dicho eso. No he podido decir eso».

–Pues yo no tengo nada en contra –le respondió Acheron, mordiéndole suavemente el lóbulo de la oreja–. Es humano y sincero... ¿Por qué no?

Volvió a acariciarla y ella se estremeció de placer y se le pasó la vergüenza. Él metió un dedo en su interior, caliente y húmedo y Tabby arqueó la espalda y gimió. Acheron empezó a moverlo despacio, sacándolo y metiéndolo, haciendo que se retorciese e incluso que se olvidase del dolor de su tobillo.

–Estás caliente, preparada –le dijo al oído antes de apartarse un instante para ponerse un preservativo–. Llevo días soñando con esto.

–¿Días? –repitió Tabby sorprendida.

–Todas las noches desde la primera, todos los días viéndote con ese minúsculo bikini, *glyka mou* –le confesó Acheron mientras la agarraba por el trasero para penetrarla.

Ella gritó de placer mientras su cuerpo se acostumbraba al tamaño de su erección.

—¿Estás bien? —murmuró él.

—Bueno, en estos momentos preferiría que no te sonase el teléfono —respondió ella con el corazón acelerado y todo el cuerpo temblando de placer.

—¡No hay límites entre nosotros! —rugió Acheron.

Y ella no pudo pensar ni hablar, solo podía sentir. Él la besó apasionadamente y su sabor la excitó todavía más. Tabby balanceó las caderas, el ritmo aumentó, el calor también. Y ella gimió al notar que todo su cuerpo se sacudía alrededor del de él.

Y Acheron la abrazó con fuerza.

—Eres increíble —le dijo.

—Tú también —susurró ella, agotada.

—Vamos a repetir esto una y otra vez —decretó él, sonriendo sensualmente—. No más duchas frías, no más camas separadas ni más bikinis minúsculos que yo no pueda arrancarte.

—Tengo sueño —se disculpó Tabby.

—Duerme... vas a necesitar todas tus energías.

Capítulo 9

Cuando Tabby se despertó por cuarta vez en doce horas estaba totalmente desorientada y tuvo que parpadear para que sus ojos se acostumbrasen a la luz que entraba por las ventanas. Un segundo después se sentó, miró el reloj y se dio cuenta de que era media tarde.

¡Se había pasado medio día durmiendo! Salió de la cama sintiéndose culpable y se dio cuenta de que Acheron había tenido razón al decirle que se sentiría mejor por la mañana. Le seguía doliendo la cadera, pero el dolor del tobillo era más soportable. Curiosa por ver dónde estaba, ya que habían llegado en completa oscuridad la noche anterior, fue cojeando hasta el ventanal con ayuda de la muleta y salió al pequeño balcón que había delante.

Debajo de ella el terreno era escarpado, pero terminaba en una pequeña cala de arena blanca y el mar era de un turquesa tan claro que podía ver el fondo desde allí. Los frondosos jardines de la casa, llenos de árboles, llegaban casi a la playa. Era un paisaje idílico, pero Tabby centró su atención en la pareja que había al borde del mar. El cochecito de Amber estaba a la sombra de unas rocas y Melinda, ataviada con un minúsculo bikini rojo que exage-

raba sus curvas, estaba hablando a Acheron con
aparente nerviosismo. Él también iba solo con el
bañador.

Tabby no pudo apartar la vista de ellos ni pudo
evitar sentir celos. La respiración se le cortó al ver
que Melinda apoyaba la mano en el brazo de Acheron. No obstante, el contacto duró solo unos segundos porque él retrocedió al instante, dijo algo más
y después atravesó la playa para dirigirse hacia la
casa. Tabby retrocedió rápidamente y se vistió. Intentó entender lo que acababa de ver al mismo
tiempo que se decía que, una vez más, la base de la
relación que tenía con el hombre con el que se había
casado había vuelto a hundirse y todo había cambiado.

Tuvo que admitir que había sido el deseo sexual
lo que había provocado ese cambio y sintió vergüenza. Acheron había dicho que no había límites
entre ambos, y tenía razón. Las normas que ella había intentado imponer habían ido a parar al mismo
sitio que su certeza de que podía resistirse a él.

Buscó en las maletas ropa interior limpia y un
vestido largo, de tirantes, antes de meterse en el
cuarto de baño. Tardó en asearse mucho más de lo
habitual, ya que no podía meterse en la ducha y
tuvo que lavarse el pelo en el lavabo, dejando el
suelo del baño como si fuese una piscina. No obstante, cuando, después de secar el suelo, volvió a
salir a la habitación, se sentía mucho mejor con el
pelo limpio y un poco de maquillaje.

Acheron entró en el dormitorio y vio a Tabby
con el pelo rubio brillando al sol, enmarcando su

delicado rostro, y un vestido azul claro que realzaba sus bonitos ojos. Era una persona tan abierta, tan sincera en sus reacciones, que siempre lo sorprendía. No le ocultaba nada. El pecho se le encogió al pensar que eso la convertía en una persona muy vulnerable. Como no quería que empezase de nuevo a hacerle preguntas acerca de lo ocurrido la noche anterior, decidió lanzarse él.

–Tabby –murmuró, fijándose en que se le marcaban los delicados pezones a través de la fina tela del vestido.

–Ash –respondió ella casi sin aliento–. Tenemos que hablar.

–No, no tenemos que hablar, *glyka mou* –la contradijo él, acercándose más–. Vamos a hacerlo a mi manera. No vamos a hablar, sobre todo, no vamos a angustiarnos por nada. Esto es lo que es y vamos a disfrutarlo mientras dure.

Le había quitado las palabras de la boca.

–No iba a angustiarme por nada –protestó ella, tambaleándose un poco porque todavía no podía estar mucho rato de pie y agarrándose a la muleta.

Él la agarró por los brazos para ayudarla a guardar el equilibrio y después bajó las manos a su cintura.

–No puedes evitarlo.

Tabby lo miró y sonrió, y sintió calor y un cosquilleo entre las piernas. Él se inclinó a besarla apasionadamente.

–Oh... –dijo ella sin aliento, sorprendida por el desarrollo de los acontecimientos.

Él le levantó el vestido lentamente, con la mirada

clavada a la suya, como retándola a protestar. Sin apartarla, metió la mano por debajo de sus braguitas y la acarició. Y Tabby notó que ardía por dentro y se apoyó en él para no caerse. Tampoco protestó cuando Acheron la tumbó en la cama. La muleta cayó al suelo, olvidada.

–Me acabo de levantar –exclamó sorprendida.

–Tenías que haberme esperado aquí, *glyka mou* –le respondió él.

–No me puedo creer que vuelvas a desearme tan pronto –admitió Tabby, confundida.

–Es verte, y desearte –le dijo él con voz ronca, consciente de que aquello denotaba una falta de control y una debilidad que lo inquietaban.

–La primera vez que me viste no fue así –le recordó ella.

–Me insultaste... No estuviste precisamente fina, *glyka mou* –bromeó Acheron–. Ahora que te conozco ya no me molestaría, ni me impediría pensar que eres la mujer más sexy del mundo.

Ella abrió mucho los ojos, sorprendida.

–¿Lo dices en serio?

–¿Acaso lo dudas? Te acabo de tumbar en la cama para devorarte y tú me preguntas cuánto te deseo. Solo puedo pensar en tenerte en horizontal y eso no está bien –protestó Acheron, quitándole las braguitas y separándole las piernas–. Me encanta verte.

Tabby hizo un esfuerzo por recordar eso mientras él se quitaba el bañador, liberando así su tremenda erección. Sintió calor y humedad entre los muslos, y un anhelo tan grande que tenía que haberla aterrado. Se dio cuenta de que estaba actuando por instinto, sin pensar siquiera en lo que Acheron le estaba diciendo.

—*Thee mou*, sexy, sexy, sexy —dijo Acheron mientras se tumbaba encima de ella y la besaba apasionadamente.

Entonces la penetró con fuerza y empezó a moverse rápidamente. Murmuró algo en griego y luego le dio un beso en la frente y le preguntó:

—¿Te hago daño?

—Solo si paras —le respondió ella mientras le acariciaba la espalda primero, y después se aferraba a ella para gritar de placer.

Se perdió en la sensación hasta que fue volviendo poco a poco a la normalidad.

—Yo tampoco he estado muy fino —comentó Acheron—. Mis disculpas.

—No pasa nada —respondió Tabby, dándole un beso en el pecho—. Has vuelto a sacar un diez.

—¿Ahora me puntúas? —preguntó él, evidentemente horrorizado.

—Si bajas del cinco, te avisaré —bromeó ella, sonriendo porque se sentía feliz.

Hasta que volvió a la realidad y se vio asaltada por las dudas. Se puso tensa y pensó que no era posible que hubiese olvidado por unos minutos lo que había visto.

—Te he visto con Melinda en la playa —le contó.

Acheron se puso tenso e inclinó la cabeza para estudiar su rostro.

—Voy a contratar a otra niñera, que empezará trabajando con Melinda y después la reemplazará. Ya está todo organizado. No quiero disgustar a Amber con un cambio tan repentino.

La noticia desconcertó a Amber.

—¿Vas a despedir a Melinda?

—Tiene un contrato temporal. Podemos dejarla marchar cuando queramos, pero yo prefiero hacerlo bien. Sabe demasiadas cosas de nuestro matrimonio.

—¿Qué quieres decir? —preguntó ella con el ceño fruncido.

—Melinda sabe que en la Toscana dormíamos en habitaciones separadas. En la playa, me ha ofrecido compartir habitación con Amber para que yo pudiese ocupar la suya —le explicó Acheron muy serio.

Tabby se ruborizó. Se sintió molesta y avergonzada.

—A lo mejor tenía pensado pasar a verte a media noche. Porque ha intentado coquetear contigo, ¿verdad?

Acheron asintió.

—Son cosas que pasan.

Tabby lo miró y se sintió aliviada porque Acheron le había dicho la verdad sin montar un escándalo.

—¿A menudo?

La inocencia de la pregunta le hizo reír.

—A todas horas. Si no hago caso, suelen desistir, pero Melinda no se da por enterada. Posiblemente, porque se ha dado cuenta de que el nuestro no es un matrimonio normal. Podría ir a la prensa con la información.

Tabby hizo una mueca.

—Tendremos que esforzarnos más en resultar convincentes como pareja. Tendremos que compartir habitación, pasar tiempo juntos, y fingir que somos como cualquier pareja en su luna de miel.

—Ahora ya no tenemos que fingir —le dijo él.

En el fondo, Tabby sabía que era falso. El sexo con él era estupendo, pero Acheron no le estaba ofreciendo nada más. Tal vez aquello era lo único que supiese dar. Y ella tampoco tenía mucha más experiencia. Lo deseaba tanto, deseaba tener su atención tanto como Amber, pero no iba a admitirlo en voz alta.

—¿Por qué quiso obligarte tu padre a casarte, si tú no querías hacerlo? —le preguntó.

—En pocas palabras, quería que me casase con Kasma —le explicó él—, pero no quiero hablar del tema.

—Pero él tenía que saber que tú no estabas de acuerdo. ¿Qué relación teníais? —insistió ella, sin poder evitarlo.

—Lo conocí cuando tenía casi treinta años —le recordó Acheron—. Supongo que nuestra relación era sobre todo comercial. Su empresa estaba pasando por momentos difíciles. Me pidió consejo y yo lo ayudé tomando el mando.

—¿Y a él no le molestó?

—En absoluto. No era un hombre de negocios, sino más bien un hombre familiar, desesperado por dar a los suyos un futuro seguro.

—¿Te refieres a tu madrastra y a sus hijos?

Acheron apretó los labios.

–Mi padre se casó con ella cuando los niños todavía eran pequeños y los crio como suyos, aunque yo los conocí solo año y medio antes de que falleciese.

–¿Por qué? –le preguntó Tabby sorprendida.

–A mí no me importaba su familia. Eran extraños. No había ningún vínculo de sangre entre nosotros y yo nunca había tenido una familia, así que no quería meterme en aquella. Al final, tuve razón al guardar las distancias.

A pesar de su sinceridad, ella siguió preguntándose por la relación que había tenido con Kasma y por los motivos por los que no quería saber nada de ella.

–Ojalá no me guardases secretos. Ojalá fueses más franco y directo –le dijo sin pensarlo.

–Tú lo eres tanto que a veces me das miedo, *glyka mou* –admitió Acheron–. Si esta luna de miel tiene que funcionar, ambos tendremos que hacer concesiones.

Acheron estudió el tatuaje que adornaba el hombro de Tabby y frunció el ceño, con cuidado, pasó un dedo por él.

–La piel de debajo es irregular y el dibujo se ve borroso. Supongo que el tatuador te hizo daño.

Ella apretó los dientes y se puso tensa.

–No me lo toques.

–¿Por qué no?

–¿Vas a sugerirme otra vez que me haga un tratamiento con láser para quitármelo? –comentó Tabby mientras decidía que había llegado el momento de contarle la verdad–. Que sepas que no quiero quitármelo porque tapa una cicatriz muy fea que ya estaba ahí antes del tatuaje. El tatuador hizo muy bien su trabajo, pero no consiguió que el dibujo quedase perfecto porque mi piel no tenía nada de perfecta en ese lugar.

–¿Qué clase de cicatriz era?

–Te aseguro que vas a preferir no saberlo –le advirtió ella, poniéndose de pie en la arena blanca.

Comprobó que Amber seguía durmiendo sobre la manta, a la sombra de unos pinos, y echó a andar por la playa. Iba vestida con la parte superior del bikini y unos pantalones cortos.

Durante el desayuno, Acheron le había preguntado qué pensaría si Amber le decía un día que quería hacerse un tatuaje y había intentado convencerla de que se lo quitase. En ocasiones, la ponía de los nervios, pero lo cierto era que durante el último mes en Cerdeña había sido también un compañero entretenido, un amante muy sensual y una figura paterna paciente y cariñosa para Amber. Tabby se preguntó en ese momento cómo habían podido pasar tan rápidamente las cuatro últimas semanas. La primera había sido dura porque con el tobillo todavía dolorido había tenido que quedarse todo el tiempo casa, pero después, habían empezado a salir.

Su mente se llenó de imágenes de algunos momentos especiales que habían compartido. Acheron había conseguido que su luna de miel pareciese real, desde fuera y también desde dentro. Por eso, era normal que, en ocasiones, Tabby pensase en él como en un marido de verdad.

También era normal que se hubiese enamorado de él. Al fin y al cabo, ningún hombre la había tratado nunca tan bien, ningún hombre la había hecho tan feliz. Él era el único que le había hecho el amor varias veces al día, todos los días, como si fuese la mujer más sexy y bella del planeta. Era comprensible que hubiese empezado a sentir algo.

No era culpa de Acheron que se hubiese enamorado de él. Este nunca le había prometido nada. En cuanto consiguiesen adoptar a Amber, su matrimonio terminaría y ella tendría que empezar una nueva vida con la niña. Por su parte, Acheron volvería a centrarse en su trabajo y en su faceta de mujeriego. Tabby se preguntó si volvería a verlo después del divorcio. Se sintió mal solo de pensarlo. ¿Querría Acheron mantener alguna relación con Amber o preferiría hacer como si no la hubiese conocido nunca?

Acheron atravesó la playa fijándose en que el cuerpo de Amber se había redondeado cuando esta había empezado a comer mejor, también le satisfizo pensar que ya no se mordía las uñas. Eran pequeños cambios que él valoraba.

–¿Sufriste un accidente? –le preguntó, interrumpiendo sus pensamientos y devolviéndola al presente al abrazarla por detrás.

–No... no fue un accidente –admitió Tabby, sintiendo frío al recordar el pasado.

Intentó recordarse a sí misma que Acheron solo quería comprenderla y se sintió culpable. También había intentado ayudarla y acompañarla las noches que Amber había pasado sin dormir por culpa de la dentición.

La niñera nueva, que en esos momentos trabajaba con Melinda, se llamaba Teresa y era una mujer italiana, cariñosa y habladora, que estaba muy centrada en su trabajo. A la niñera inglesa le quedaba solo una semana con ellos y después se marcharía a trabajar con otra familia a Londres.

–Tabby... te he hecho una pregunta –insistió Acheron–. Has dicho que no fue un accidente, entonces...

Tabby levantó la cabeza y miró hacia el mar, había intentado pensar en cualquier otra cosa, pero le tenía que contestar.

–Mi madre me quemó con un hierro candente porque se me cayó un cartón de leche –le confesó en tono monótono.

–*Thee mou...* –dijo él con incredulidad, haciéndola girar en sus brazos para estudiar su rostro y el dolor que seguía habiendo en sus ojos violetas.

–Después de aquello, no volvieron a dejarme a solas con ninguno de mis padres –le explicó ella–. Mi madre fue a la cárcel por haberme quemado y no volví a ver a ninguno de los dos.

Acheron se sintió furioso y la abrazó con fuerza. Se dio cuenta de que, de repente, tenía ganas de vomitar y le temblaban las manos. Y que no podía apartarse de ella.

–Supongo que, para ti, fue un alivio.

–No, no lo fue. Yo los quería. No eran precisamente cariñosos conmigo, pero eran lo único que tenía –admitió Tabby, que quiso poder reconfortarse en los brazos de Acheron, pero se quedó rígida entre ellos por miedo a que él la rechazase.

–Lo entiendo. Yo veía muy poco a mi madre, pero también la tenía idealizada...

–¡Menuda pareja! –comentó Tabby, relajándose de repente y notando que los ojos se le habían llenado de lágrimas que estaban empezando a correr por su rostro.

Acheron la miró y le dijo:

–No soporto pensar en el daño que te hicieron, *yineka mou*...

–No quiero hablar de ello –respondió Tabby–. Intento no pensar en el tema, pero, de adolescente, cuando me veía la cicatriz en el espejo me acordaba de todo y la gente me preguntaba a veces. Por eso decidí hacerme el tatuaje... para taparla, para ocultarla.

–En ese caso, puedes estar orgullosa de llevarlo –le dijo Acheron–. Ojalá me lo hubieses contado antes, aunque comprendo que no lo hicieras.

–¡Vamos hablar de algo más alegre! –le rogó Tabby–. Cuéntame algo acerca de ti. Seguro que tú tienes algún recuerdo feliz de tu niñez, con tu madre.

Acheron puso un brazo alrededor de sus hombros y la condujo de vuelta hacia el lugar donde estaba Amber.

–La noche antes de mi primer día de colegio me regaló un bolígrafo muy caro con mi nombre grabado. En clase solo me dejaban utilizar un lapicero, pero ella no lo pensó. Le encantaban los gestos extravagantes, siempre me decía que los Dimitrakos solo podíamos conformarnos con lo mejor...

–Tal vez ella fue educada así –le sugirió Tabby

en voz baja–, pero todavía no me has contado por qué te hizo feliz ese bolígrafo.

–Porque mi madre solía actuar como si yo no existiera, pero esa semana acababa de terminar la rehabilitación y estaba decidida a pasar página y empezar de cero. Fue la única ocasión en la que me hizo sentir que le importaba. Hasta me echó una charla acerca de lo importante que era la educación... Y eso que ella había dejado los estudios de adolescente y no leía otra cosa que no fuesen revistas.

–¿Todavía tienes el bolígrafo?

–Creo que me lo robaron –respondió él sonriendo–, pero tengo un buen recuerdo de ella.

Acheron no fue capaz de relajarse hasta que hubo encargado una joya muy especial para el cumpleaños de Tabby que, sorprendentemente, era la misma semana que el suyo. Tras conseguirlo, le preocupó haberse molestado tanto por un regalo. ¿Qué le estaba pasando? ¿Qué hombre se esforzaba tanto por una mujer de la que iba a divorciarse? No había podido evitar sentirse afectado por el pasado de Tabby, que le había demostrado que él tenía muchos menos motivos para quejarse del suyo. Su madre había sido irresponsable, egoísta y una mala madre, pero lo cierto era que siempre lo había querido. Y si no hubiese sido por las malas influencias de terceros, estaba seguro de que su padre también habría aprendido a hacerlo...

El asalto constante de aquellos pensamientos a

los que no estaba acostumbrado hizo que estuviese muy callado durante la cena. Consciente de las miradas de Tabby, se enfadó al darse cuenta de que no estaba siendo él mismo. Nunca le habían gustado los grandes debates internos y no solía tenerlos, así que se sintió exasperado y furioso con tantas emociones. Tabby le hacía arder por dentro. Era demasiado intensa. Decidió de repente que tenía que dar un paso atrás. Necesitaba distancia y, tomada la decisión, se sintió mejor, otra vez con las riendas en las manos.

–Voy a tener que viajar unos días por cuestión de negocios –le dijo al salir del cuarto de baño con una toalla alrededor de las caderas y el pelo todavía mojado.

A Tabby se le hizo la boca agua al verlo antes de procesar lo que le había dicho.

Al darse cuenta de que iba a dejarla sola, se puso tensa, y después se reprendió, consciente de que Acheron había trabajado muy poco en las últimas semanas y no podía mantener aquel ritmo de vida indefinidamente. Tendría que aprender a adaptarse a su ausencia. ¿Sería ese el motivo por el que había estado tan callado y distante durante la cena? ¿Habría tenido miedo de su reacción? Bueno, pues había llegado el momento de demostrarle que era fuerte y no una quejica.

–Te echaré de menos, pero estaremos bien –respondió alegremente.

Acheron apretó los dientes. Había esperado que Tabby protestase, o que se ofreciese a viajar con él. Había previsto que aquel fuese el momento en el que lo agobiase. La vio meterse a la cama vestida solo con un camisón muy ligero, y se sintió aturdido de deseo, pero se dijo que esa noche no. Se quitó la toalla y apagó la luz para acostarse también. Esa noche podría pasar sin ella.

Tabby se giró hacia Acheron y pasó los delicados dedos por su muslo mientras su melena le acariciaba la pelvis.

Él cerró los ojos desesperado. Siempre podía relajarse y hacerlo. Si decía que no, disgustaría a Tabby, y eso no tenía ningún sentido. Esta buscó su erección con la boca y Acheron levantó las caderas, no pudo evitarlo. Entonces pensó que a lo mejor Tabby se disgustaba con el divorcio, porque actuaba como si le gustase de verdad, lo miraba como si fuese especial para ella, lo buscaba en la cama si no lo hacía él, nunca desaprovechaba una oportunidad para abrazarlo... Aunque no lo hubiese hecho esa tarde, cuando él la había abrazado en la playa para ofrecerle su compasión. Una ola de placer hizo que no se preguntase por qué no le había devuelto el abrazo en la playa. De todos modos, el romanticismo nunca había sido lo suyo. Era probable que él hubiese sido torpe.

Cuando terminaron, Acheron no la abrazó como otras veces y Tabby se sintió fría por dentro, abandonada. Se hizo un ovillo y pensó que lo odiaba, que lo amaba, que lo deseaba. Y se dijo que el amor era la peor tortura del mundo para una mujer. No tenía sentido desear algo que él jamás le daría. Su divorcio estaba escrito no solo en las estrellas, sino también en el acuerdo prenupcial que había firmado.

Y tal vez él siguiese sintiendo algo por Kasma, de la que no quería hablar nunca. Tabby sabía por experiencia que las personas solo evitaban temas de conversación que las avergonzaban o que las turbaban.

A la mañana siguiente, Tabby despertó y descubrió que Acheron se había marchado temprano y que ni siquiera le había dejado una nota. Pasó el día tranquilamente con Amber y no fue hasta al día siguiente cuando empezó a preocuparle el silencio de Acheron. Se dijo a sí misma que no hacía falta que la llamase, si solo iba a estar fuera cuarenta y ocho horas, y que ella no lo necesitaba tanto, pero todavía en la cama, que estaba muy vacía sin él, pensó que el día que la esperaba sería como una página en blanco, sin ninguna alegría ni emoción.

Exasperada con su propio comportamiento, fue a darse una ducha y se vistió en el cuarto de baño. Cuando salió, se miró en el espejo que había al otro lado de la habitación y se dio cuenta de que no se veía bien, así que se acercó y descubrió que había algo escrito en él: *Te está utilizando.*

Tabby se quedó de piedra. ¿Por qué había escrito alguien eso en el espejo? ¿Qué significaba? En cualquier caso, era evidente que alguien había entrado en su habitación y había pretendido insultarla con aquel mensaje. Y tenía que haber sido alguien que trabajase en la casa.

Sin dudarlo, tomó el teléfono y llamó al Dmitri, el jefe de seguridad de Ash, que no tardó en ir a su habitación para ver con sus propios ojos el mensaje del espejo. A juzgar por su expresión, se tomó el tema muy en serio. No obstante, era un hombre de pocas palabras, así que Tabby dejó la cuestión en sus manos y bajó a desayunar.

Capítulo 10

PUEDO preguntarte adónde tienes pensado ir? –preguntó Melinda sonriendo mientras se sentaba a la mesa del desayuno, cosa que nunca había hecho con Acheron allí.

–De compras a Porto Cervo –admitió Tabby–. Voy a buscar un regalo de cumpleaños.

–Hay algunas joyerías estupendas... ve a la Piazzetta delle Chiacchere –le aconsejó la joven.

Tabby asintió y se sintió incómoda por lo mal que le caía Miranda, que, por suerte, se marcharía de allí al final de la semana.

Acheron llevaba un día fuera y ella tenía la sensación de que le faltaba algo. Y eso era lamentable, teniendo en cuenta que era una mujer fuerte e independiente. Lo echaba tanto de menos. Además, el comportamiento de este la noche antes de marcharse no la ayudaba precisamente a sentirse mejor.

–¿Señorita Barnes? –dijo Dmitri, apareciendo en la puerta–. ¿Puedo hablar con usted?

–¿Ahora? –preguntó Melinda sonriendo.

–Sí, ahora –respondió el jefe de seguridad sin inmutarse.

Tabby dejó a Teresa a cargo de Amber y decidió ir sola de compras. Cuando fue al baño a retocarse el pintalabios, vio que el mensaje del espejo seguía allí y se estremeció. «Te está usando». Era cierto que, en lo referente a su matrimonio, ambos se estaban utilizando. Aunque las cosas habían cambiado drásticamente cuando habían empezado a compartir la cama de verdad. Se preguntó si Acheron solo se acostaba con ella para dar normalidad a su matrimonio. Aun así, ella se había enamorado y quería compartir la cama con él. ¿La convertía aquello en una tonta? ¿O también se estaba aprovechando de él?

Desde que Dmitri lo había llamado para darle la noticia, Acheron no había podido estar quieto ni pensar con claridad. Se había sentido impaciente y preocupado, había deseado volver de inmediato a Cerdeña y estar con Tabby y con Amber. Por desgracia, organizar el despegue de su jet del aeropuerto de Atenas llevaba su tiempo. Se maldijo por haberse marchado de Cerdeña.

¿Por qué se había separado de Tabby cuando lo que quería en realidad era estar con ella? ¿Qué decía eso de él? ¿Que no reconocía sus propias emociones y que prefería huir de algo que no entendía? Apretó los dientes y se juró que jamás se lo perdonaría si a Amber y a Tabby les ocurría algo, y en ese momento llegó el piloto para informarle que podían despegar.

—Su marido preferiría que se quedase en casa hoy —le dijo Dmitri en voz baja.

Por desgracia, Tabby no estaba de humor para que la tratasen como a una niña.

–Lo siento, pero tengo que salir –le respondió–. Tengo que comprar algo.

–En ese caso, la acompañaré, señora Dimitrakos –respondió él con determinación.

Tabby asintió por no discutir, pero supo que lo haría con Acheron cuando volviese. ¿De verdad era necesario que la tuviesen vigilada fuese adonde fuese?

–Te vas a aburrir mucho –le advirtió ella mientras se sentaba en la parte trasera del todoterreno.

–No pasa nada. Estoy acostumbrado a ir de compras con mi esposa –respondió Dmitri–. Es capaz de pasar diez minutos delante de un escaparate.

Tabby se temió que ella también iba a ser muy pesada, porque todavía no sabía qué iba a comprar. ¿Qué se le regalaba a un hombre que lo tenía todo?

Paseó frente a las tiendas y se preguntó por qué le importaba tanto encontrar un regalo que tuviese algún significado para un hombre que ni siquiera se molestaba en llamarla por teléfono. Al final vio un bolígrafo de una marca muy conocida y decidió que lo había encontrado. Costaría una fortuna, pero no había gastado nada del dinero que Acheron le asignaba todos los meses y, al fin y al cabo, lo importante era el significado.

Compró el bolígrafo y pidió que grabasen el nombre de Acheron y la fecha. Lo pagó con la tarjeta que este le había dado y, a pesar de que se sentía horrorizada por estar gastando tanto dinero en un bolígrafo, intento actuar como si estuviese acostumbrada a hacerlo. Después, le dijo a Dmitri que le apetecía tomar un café. Este la acompañó e insistió en sentarse en una mesa cercana.

Estaba pensando que había comprado el bolígrafo más caro de la historia, y que era posible que cuando Acheron viese la factura se arrepintiese de haberle dicho que su tarjeta no tenía límite, cuando, mientras saboreaba el café, una sombra se cernió sobre su mesa.

Kasma se sentó en la silla que había enfrente de ella.

—Ha sido tan difícil llegar a ti que me has obligado a hacerlo a escondidas —protestó.

—¿Qué estás haciendo aquí? —le preguntó ella sorprendida.

—Tú estás aquí, Ash está aquí... ¿Adónde iba a ir yo? —inquirió ella—. Me niego a creer que seas tan tonta que no puedas aceptar que Ash me pertenece.

—Señorita Philippides... —dijo Dmitri, interrumpiendo la conversación—. Márchese, por favor...

Kasma lo desafió con la mirada.

—Estamos en un lugar público y puedo moverme libremente por toda la isla. No estamos en Grecia.

—¿Puedo sugerirle que nos marchemos, señora Dimitrakos? —continuó Dmitri, mirando a Tabby.

Esta respiró hondo.

—Cuando me haya terminado el café —murmuró, decidida a escuchar lo que Kasma quería decirle, ya que sabía que no iba a recibir de Acheron ninguna información.

Dmitri volvió muy serio a su mesa.

—Me gusta ir directa al grano —le dijo Kasma—.

¿Cuánto dinero quieres para terminar con este absurdo matrimonio?

Tabby miró a la otra mujer sorprendida.

—No puedes estar hablando en serio.

—Siempre hablo en serio en lo relativo a Ash. Estamos hechos el uno para el otro y se habría casado conmigo si mi padrastro no hubiese forzado las cosas a través de su testamento —le contó Kasma—. Ash es un hombre muy orgulloso.

—Quedarse aquí y mantener esta conversación no es buena idea, señora Dimitrakos —insistió Dmitri.

Kasma le habló de muy malas maneras en griego y Tabby pensó que tal vez el jefe de seguridad tuviese razón y lo más sensato fuese marcharse de allí. Tomó su bolso, dejó dinero encima de la mesa para pagar el café y se levantó.

No obstante, antes de marcharse dijo:

—Jamás dejaría a Acheron, por mucho dinero que me ofrecieses. Lo quiero.

—¡No tanto como yo, zorra! —le gritó la otra mujer, furiosa.

Dmitri agarró a Tabby del codo para sacarla de la cafetería.

—Kasma Philippides es una mujer peligrosa e inestable —le contó—. Su marido pidió una orden de alejamiento y no puede acercarse a él en Grecia. No se puede hablar con ella.

—Ash debía habérmelo advertido y me habría marchado inmediatamente —se quejó Tabby—. Ya me había dado cuenta de que estaba obsesionada con él, pero no entendía que fuese realmente un problema.

–Él no sabe que Kasma está en la isla. Por cierto, vuela de regreso.

Tabby se sintió aliviada. Ash tendría que contarle por fin toda la historia.

Iban en el coche por la carretera de la costa cuando se dio cuenta de que Dmitri miraba preocupado por el retrovisor. Tabby miró hacia atrás y vio un deportivo rojo detrás de ellos. El conductor tenía el pelo moreno y largo, como Kasma.

–Nos está siguiendo –anunció Dmitri–. Asegúrese de que lleva el cinturón abrochado. A lo mejor tengo que hacer una maniobra brusca. En cualquier caso, ya he avisado a la policía.

–¿Qué pretende, embestirnos? –preguntó ella al notar un golpe en la parte trasera del coche–. ¿Es que está loca?

Dmitri no respondió. Estaba concentrado en la carretera porque había aumentado la velocidad. Tabby tenía el corazón acelerado y estaba empezando a marearse. Miró por el espejo retrovisor y vio como, al tomar una curva, el coche de Kasma chocaba con otro que iba en dirección contraria.

–¡Oh, Dios mío! ¡Se ha chocado!

Dmitri pisó el freno y dio marcha atrás. Saltó del todoterreno y vio que el coche con su equipo de seguridad, que había ido detrás, se había detenido a asistir a las víctimas del accidente. El deportivo rojo había chocado contra un muro y había tirado parte de él. Tabby bajó despacio, con el estómago encogido, y se acercó. Dmitri estaba hablando por teléfono.

–Quédese en el coche, señora Dimitrakos. No

quiero que vea esto, la señorita Philippides está muerta.

—¿Muerta? —preguntó ella sorprendida.

—No llevaba el cinturón de seguridad y ha salido despedida del coche.

—¿Y las personas que iban en el otro coche?

—Tienen suerte de estar vivas. El pasajero tiene una herida en la cabeza y el conductor, una en la pierna.

Tabby asintió y volvió al todoterreno en estado de shock. Todavía se sentía aturdida cuando fue a declarar a comisaría. Después, estaba en una sala de espera con una taza de café cuando llegó Acheron. Se levantó nada más verlo.

—¿Estás bien? Dmitri me ha prometido que estabas bien, pero no sabía si podía creerlo —le dijo Acheron, mirándola de arriba abajo.

—Estaba bien hasta que me has hecho tirar el café —respondió ella, dejando la taza en una mesa y limpiándose las manchas de la camiseta rosa—. ¿Podemos marcharnos ya?

—Sí, *thee mou* —murmuró él—. ¡Kasma llevaba un cuchillo en el bolso!

—¿Un cuchillo? —repitió ella horrorizada.

—De no haber sido por la presencia de Dmitri, tal vez te hubiese atacado.

—Está muerta —le recordó ella en voz baja.

Acheron suspiró.

—Su hermano Simeon viene de camino para organizar el funeral. Es un buen hombre. Espero que no te importe, pero le he invitado a quedarse con nosotros.

–Por supuesto que no me importa. Al fin y al cabo, es la familia de tu padre y merece todo nuestro respeto.

–Melinda ya va de vuelta a Londres –añadió Acheron–. Ella es la responsable de los mensajes en el espejo.

–¿Mensajes? ¿Ha habido más de uno? –preguntó ella confundida.

Acheron le contó que había encontrado otro en la Toscana y que Dmitri pronto había averiguado que era obra de Melinda. Esta había confesado que lo había hecho porque Kasma le había ofrecido mucho dinero.

–Tengo mucho que explicarte –terminó, tomando su mano.

Ella apartó la suya en un acto reflejo.

–Después de cómo te comportaste antes de marcharte, y teniendo en cuenta que no te has dignado a llamarme, no me apetece darte la mano –le dijo ella–. No tienes que fingir cosas que no sientes para reconfortarme. Ya ves que no me he hecho daño. Ha sido un día horrible, pero lo superaré sin apoyarme en ti.

–Tal vez yo quiera que te apoyes en mí.

Tabby arqueó una ceja.

–Preferiría caerme y tener que levantarme sola. Llevo haciéndolo toda la vida.

Acheron apretó los labios.

–Tenía que habértelo contado hace semanas, pero el tema de Kasma me trae muy malos recuerdos. Fue ella la que estropeó la relación que tenía con mi padre antes de que este falleciera.

–Y por eso hizo él un testamento tan raro –adivinó Tabby.

–Ya te dije que había conocido a la familia de mi padre hace más o menos año y medio. Lo que no te mencioné fue que había conocido a Kasma una semana antes, sin saber quién era. Fue ella la que me abordó en París, y se presentó como Ariadne. Y yo caí en la trampa, aunque no sabes cómo me arrepiento.

–¿En la trampa?

–Pasé una noche con ella –le aclaró Acheron a regañadientes–. Para mí no significó nada, aunque la traté con respeto, jamás le dije que quisiera volver a verla.

Tabby tragó saliva.

–Lo que no entiendo es, si ella sabía quién eras, ¿por qué mintió acerca de su propia identidad?

–Evidentemente, porque yo jamás la habría tocado si hubiese sabido que era el ojito derecho de mi padre.

–¿Y eso?

–Su madre se quedó viuda cuando Kasma era un bebé. Y mi padre la crio desde que tuvo tres años. Era su favorita, pensaba que era perfecta –le explicó él–. Cuando fui a conocer a la familia de mi padre y me di cuenta de que Kasma estaba allí y que era hijastra de mi padre, me puse furioso. Entonces ella se levantó y anunció que tenía una sorpresa para todo el mundo. Y la sorpresa era que estábamos saliendo juntos.

–Oh, Dios mío... –balbució Tabby sorprendida.

–Durante los siguientes meses, me estuvo siguiendo y le mintió a mi padre acerca de mí. Le contó que yo la había engañado, que la había dejado embarazada y que había tenido un aborto. Él lo creyó y quiso obligarme a que me casara con ella.

–Es evidente que no estaba bien de la cabeza.

–El año pasado atacó a una mujer con la que yo estaba, por eso pedí una orden de alejamiento.

–¿Y por qué no me lo has contado antes? –quiso saber Tabby.

–Porque me daba vergüenza y porque no quería asustarte. Por suerte, ya se ha terminado todo. Su hermano, Simeon, sí que me creía a mí e intentó convencerla de que fuese a terapia. Tal vez, si lo hubiese escuchado, no habría muerto hoy.

–No es culpa tuya –le dijo Tabby–. No fuiste capaz de arreglar algo que no estaba en tu mano.

–No me gusta nada darte pena –protestó él.

–No me das pena. Ahora entiendo que no te gusten las mujeres inseguras y dependientes.

–Contigo es distinto –admitió Acheron.

Tabby puso los ojos en blanco.

–No te pongas zalamero conmigo, no merece la pena.

–¿Qué quieres decir? –le preguntó él justo cuando la limusina llegaba a su casa.

–Que no hace falta. Ambos teníamos motivos para casarnos. Tú has conseguido una esposa y, con un poco de suerte, yo conseguiré adoptar a Amber –le dijo ella, saliendo del coche y entrando en la casa.

–Yo no lo veo así –le informó Acheron.

–No somos almas gemelas, ni nos hace falta

–dijo ella, atravesando el salón y saliendo a la terraza–. Tenemos que ser claros.

Una vez fuera, se apoyó en la barandilla con los brazos cruzados. Sabía lo que tenía que decir.

–¿A qué te refieres? –le preguntó él, deteniéndose en la puerta.

–A que yo creo que va siendo hora de poner fin a esta farsa –le dijo–. Melinda nos estaba espiando, pero ya no está. Llevamos semanas fingiendo ser una feliz pareja de recién casados, así que supongo que ya podemos volver a la normalidad.

–Si es lo que quieres –le respondió él en tono frío–. Aunque yo creo que deberíamos dejar la decisión para un día menos traumático.

Tabby levantó la barbilla a pesar del dolor que tenía en el pecho. Por supuesto que no era aquello lo que quería, amaba a Acheron y quería estar con él, pero tenía que protegerse.

–No.

–¿Quieres que volvamos a estar como al principio? –le preguntó Acheron.

–No, solo quiero que seamos sinceros y que no finjamos.

Acheron respiró hondo.

–Yo no he estado fingiendo nada...

–Por supuesto que sí.

–Tal vez empezase así, pero hace tiempo que no lo hago, *yineka mou*. Me he enamorado de ti.

Tabby estuvo a punto de perder el equilibrio al oír aquello.

–No te creo. Lo dices porque te da miedo que no cumpla mi parte del trato y perder tu empresa, pero no sería capaz. Sigo queriendo adoptar a Amber, así que no lo haría ni aunque quisiera –le respondió.

–Es la primera vez en toda mi vida que intento decirle a una mujer que la quiero, así que déjate de tonterías –replicó él–. ¡Me ha costado muchísimo decírtelo!

–Estoy en shock –admitió ella con voz temblorosa–. No pensé que sintieses nada por mí.

–He intentado no hacerlo. He luchado contra ello, pero al final has llegado a mí. Me has calado tan hondo, que he intentado huir.

–¿Huir? –repitió ella en un susurro.

–Me sentía raro y por eso me marché... –le confesó Acheron–, pero solo me ha servido para darme cuenta de que quería estar contigo.

Ella hizo un esfuerzo por asimilarlo todo y, después, se acercó a él.

–Eso es maravilloso –le dijo–. Me quieres... Y yo te quiero a ti.

–Entonces, ¿por qué demonios me estás torturando así? –inquirió él.

A Tabby le entraron ganas de echarse a reír. Lo abrazó por el cuello y le preguntó:

–¿Significa eso que estamos casados de verdad?

–Por supuesto –le confirmó Acheron, tomándola en brazos–. Y que vamos a ser los padres adoptivos de Amber. Al parecer, esto del amor es contagioso...

–¿Cómo ha ocurrido? –le preguntó ella mientras Acheron la llevaba al piso de arriba, a su habitación.

Él la dejó en la cama y respondió:

–Creo que empezó cuando me di cuenta de que estaba con una mujer dispuesta a sacrificarlo todo para cuidar de la hija de una amiga enferma. Y después me di cuenta de que no podía vivir sin ti.

Una hora más tarde, Acheron saltaba de la cama para buscar una pequeña caja en un bolsillo.

–Sé que todavía no es tu cumpleaños, pero tengo que dártelo ya –le dijo.

Tabby abrió la caja y vio un anillo con forma de rosa con un rubí en el centro.

–¿Qué te parece? –le preguntó él, nervioso–. Es como tu tatuaje.

–¡Me encanta! –respondió ella mientras Acheron le quitaba el anillo que había pertenecido a su madre y le ponía aquel en su lugar.

–Eres muy especial, Tabby, porque a pesar de todas las cosas malas que te han ocurrido, sigues teniendo el corazón abierto. Quieres a Amber, me quieres a mí...

–Mucho –admitió ella–. Aunque tal vez seas tú el que me quiera menos cuando veas lo que he gastado con la tarjeta de crédito.

–Imposible, eres la persona menos derrochadora que conozco.

–A lo mejor cambias de opinión –le advirtió Tabby, esperando que le gustase el bolígrafo que le daría por su cumpleaños, tres días más tarde.

–Te quiero –repitió él, mirándola fijamente.

Y ella se sintió feliz.

Tabby metió la tripa y se miró al espejo. No tenía sentido, estaba embarazada y no podía evitar que se le notase. Bajó al piso de abajo y comprobó que los preparativos de la fiesta del cuarto cumpleaños de Amber iban bien.

En el jardín de su casa de Londres había un castillo hinchable que habían comprado tras el nacimiento de su primer hijo, Andreus. Este recorrió el pasillo seguido de Teresa, que se había convertido en una más de la familia, y se lanzó a sus brazos.

Tabby intentó levantarlo, pero estaba embarazada de ocho meses y no podía, así que lo abrazó con fuerza. A veces tenía miedo de descubrir que solo estaba soñando. Y entonces miraba a Acheron y a los niños y se quedaba tranquila.

Era cierto que jamás habría escogido a Acheron como figura paterna cuando lo había conocido, pero la relación de este con Amber había hecho que quisiera tener hijos propios. Cuando por fin habían adoptado a Amber, ella se había quedado embarazada de Andreus. La niña que esperaban en esos momentos había sido más bien un accidente, ocurrido en Cerdeña, que era la casa de Acheron que más visitaban.

La viuda del padre de este, Ianthe, y sus dos hijos habían estado allí para el funeral de Kasma. Había sido una ocasión muy triste, pero que había permitido establecer un vínculo entre Ash y la familia de su difunto padre. Ianthe había admitido su preocupación por la salud mental de su hija. Y con Simeon, que también tenía niños, habían empezado a ser amigos a raíz de aquel encuentro.

La puerta de la casa se abrió y Andreus corrió a abrazar a Acheron.

–¡Papá! –gritó a pleno pulmón.

Tabby lo vio tomar al niño en brazos y sonrió. Era un padre amable, cariñoso y paciente.

–Pensé que no llegarías a tiempo –le dijo.

–¿Dónde está la niña del cumpleaños? –preguntó él.

Amber bajó las escaleras corriendo y se lanzó también a los brazos de su padre.

–¡Has venido! –exclamó–. Has venido a mi fiesta.

–Por supuesto que sí –le respondió Acheron, sacando un regalo.

En ese momento el ama de llaves abrió la puerta para dejar entrar a la mejor amiga de Amber y a su madre, y las dos pequeñas salieron corriendo.

–Ya veo que soy su favorito –comentó Acheron en tono de broma.

–No te preocupes, eres mi favorito –le dijo Tabby en voz baja mientras se acercaba a saludar a los invitados.

Acheron la observó admirado. Era su Tabby, lo mejor que había encontrado en la vida, siempre cariñosa y alegre. No era de extrañar que cada día la quisiese más.

Bianca

Todo empezó con una firma…

Rico, poderoso y con una hermosa mujer, parecía que el magnate griego Gideon Vozaras lo tenía todo. Lo que el mundo no sabía era que su vida perfecta era pura fachada…

Después de años ocultando su dolor tras una sonrisa impecable, la heredera Adara Vozaras había llegado al límite de su paciencia. Su matrimonio, que en otra época se había sustentado gracias a la pasión, se había convertido en un simple compromiso.

Pero Gideon no podía permitirse el escrutinio público que supondría un divorcio. Y, si algo le había enseñado su duro pasado, era a luchar por mantener lo que era suyo…

Más que un matrimonio de conveniencia

Dani Collins

Acepte 2 de nuestras mejores novelas de amor GRATIS

¡Y reciba un regalo sorpresa!

Oferta especial de tiempo limitado

Rellene el cupón y envíelo a
Harlequin Reader Service®
3010 Walden Ave.
P.O. Box 1867
Buffalo, N.Y. 14240-1867

¡Sí! Por favor, envíenme 2 novelas de amor de Harlequin (1 Bianca® y 1 Deseo®) gratis, más el regalo sorpresa. Luego remítanme 4 novelas nuevas todos los meses, las cuales recibiré mucho antes de que aparezcan en librerías, y factúrenme al bajo precio de $3,24 cada una, más $0,25 por envío e impuesto de ventas, si corresponde*. Este es el precio total, y es un ahorro de casi el 20% sobre el precio de portada. ¡Una oferta excelente! Entiendo que el hecho de aceptar estos libros y el regalo no me obliga en forma alguna a la compra de libros adicionales. Y también que puedo devolver cualquier envío y cancelar en cualquier momento. Aún si decido no comprar ningún otro libro de Harlequin, los 2 libros gratis y el regalo sorpresa son míos para siempre.

416 LBN DU7N

Nombre y apellido	(Por favor, letra de molde)

Dirección	Apartamento No.

Ciudad	Estado	Zona postal

Esta oferta se limita a un pedido por hogar y no está disponible para los subscriptores actuales de Deseo® y Bianca®.
*Los términos y precios quedan sujetos a cambios sin aviso previo.
Impuestos de ventas aplican en N.Y.

SPN-03   ©2003 Harlequin Enterprises Limited

UN AUTÉNTICO HOMBRE

BRENDA JACKSON

Ningún hombre de sangre caliente podría desaprovechar la oportunidad de salir con la guapísima Trinity Matthews, y Adrian Westmoreland era un hombre de sangre muy caliente. Para ayudarla, fingiría ser su novio, pero ¿guardarse las manos para sí mismo? Eso era imposible.

Aunque un Westmoreland siempre cumplía su palabra, ¿cuánto tiempo tardaría en convertir el falso romance en algo real?

¿Qué ocurre cuando un novio falso decide convertirse en un amante real?

¡YA EN TU PUNTO DE VENTA!

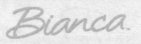

**Tenía que hacer todo lo que él deseara…
a cambio de cinco millones de dólares**

El hijo de Kimberly Townsend estaba en peligro y la única persona que podía ayudarlo era su padre, el millonario Luc Santoro.

Luc ni siquiera sabía que tenía un hijo y creía que Kimberly no era más que una cazafortunas. Sin embargo, el guapísimo magnate brasileño estaba dispuesto a darle el dinero que necesitaba… a cambio de que se convirtiera en su amante.

Pero Kimberly ya no era la muchacha inocente que él había conocido hacía siete años… e iba a hacer que perdiera el control de un modo que jamás habría imaginado.

Hijo de la pasión

Sarah Morgan